© 2010 Markus Staub
Tante Schüggis Nachbare
Originalausgabe
www.gedanken-schmiede.ch
Herstellung und Verlag:
Books on Demand GmbH, Norderstedt
Umschlaggestaltung:
Markus Staub
ISBN 9-783837-036282

Tante Schüggis Nachbare

Markus Staub

churzwyligi Erzählige in
Bärner Dialäkt

We me damaus vu Mürren übere gluegt het gägä d Jungfrou, do het es risigs Loch klaffed chli wyter änä, genauer gseit, näbäm Mönch. Es het dert em Eiger no chli öppis gfäut. Nid dass es öpper richtig gschtört hätti, aber es isch doch es kurligs aluege gsi, damaus im Jahr 1731 vor Chr.

D Römer hei sich hie in Helvetie breit gmacht und ghused, wi wenn ihne das Land hätti ghört. Wüu si sich das Läbä hei lo guet go, het sich ergä, dass si 5 Arbeitslosi gha hei. Ke rächti Arbeit het der Kommandant Carlo Florentinus. Är het keni für die gha. Drum isch e Bote nach Rom gschickt worde. Dert het me im Senat über disi unagnämi Situation berate. Im übrige hei die römische Invasore geng zweni Mitarbeiter gha. Drum isch das für e Senat in Rom o mou es Novum gsi, wo si drüber hei müesse debatiere.

Es isch scho nid autäglich gsi für die Herre im Senat. Doch ou si hei e grandiose Yfall gha. Da sy si uf dä Gedanke cho, dass die Arbeitslose es monumentals Bouwärch söue härästeue, wo no langiszyt wird Bestand ha, ou wenn das römische Rych nümme me existiert. Der Senat het auso beschlosse, dass me d Eigernordwand söui ufboue.

Das isch de unger der Jungfrou, vis – à –vis vu Mürren wi nes Louffür dür aui Hüser und Dörfer gange. Me het gmerkt, dass die Römer hie unger de Helvetier doch öppis düe, für ihri Bürger. Gärn isch me do as Wärch und bringt Steine zum afa boue. Der Elan het me de Lüt agmerkt. Jetze dörfe si sich wider mou usgäh und zeige, was si chöi.

Scho nach wenige Jahre het me guet chönne erchenne, was für ne monumentale Bou, dass die Eigernordwand wird.

Zum Fescht vu der Sunnewändi i de Iden des Julius, het der Kommandant Carlo Florentinus aune Lüt e freie Tag gä. Das isch zwar nid üblich gsi. Denno het är sich gseit, wenn die Lüt wo wärche ou chli Fröid chöi ha, de schaffe si de o wider besser.

Da isch ou es Pferderenne arrangiert worde. Der Carlo Florentinus het es sich nid lo nä, sich mit de Beschte z mässe. Är isch i däm Tournier ou ziemlich wit füre cho, dass es ihm bis i Finau glängt het. Doch er het nid dänkt, dass si Gägner ou grad so guet isch wi är säuber. Der Gägner isch inere Rüschtig gritte mit em Heum über Chopf und Gsicht. So het niemer die Pärson erchennt. Nid dass das hätti e Roue gschpiut. Denno wet me doch gärn wüsse, gägä wär, dass me ritet. So het der Kommandant mit däm Rätsu löse bis as Ändi vum Renne müesse warte. Überzügt isch er gsi, dass er wird gwinne. Das het me em Carlo scho vu wytem agse. Dass är jetz chönnti yluege, das het im nid ine wöue. So sy si losgritte um dä Parcour. Bis churz vor em Ändi, das heisst, bis i di letschti S-Kurve, sy beid Riter glich uf gsi. Kene het e Millimeter vu sim Platz wöue Pris gä. Do hets haut zweni Platz gha um die S-Kurve ume für zwe so scharf Ritendi. Si sy enang id Queri cho, mit Euboge, Chnöi und böse Wort, u chum isch di Kurve usgange hets der Carlo Florentinus is Grüene use treit, isch ab sim Goul abegheit u het ds Renne verlore.

Der Riter i der Rüschtig het mit emene Hand hebe zeigt, dass är der glücklich Gwinner isch. Stigt de ab sim Ross abe für em Verlürer, em Carlo Florentinus, wider uf d Bei z häufe. Doch irgend öppis het mit däm nid gstimmt, i däm Momänt. Är het nid uf chönne. D Sanitäter sy mit ere Bare cho, hei der Kommandant zämägläse und ne ynetreit. Der Riter mit Rüschtig isch hinge no gloufe. Dinne het me fescht gschteut, dass der Carlo Florentinus ä bösi Quetschig im Fuessglänk het u vor-löiffig mou bettlägerig blibt. De het me ne i sini Villa transportiert, dass er dört in Rue cha genese.

Chrz bevor die Festivitäte beändet sy gsi, scho lang nachdäm der Mond am dunkle Himu über der Jungfrou gschtange isch, chunt der Riter mit der Rüschtig und Gsichtsheum id Nöchi vu de Gmächer vum Carlo Florentinus. Lisli, trotz der schwäre Rüschtig, aber gschwind chunt er bis as Lager vum Verunfaute. Är hautet sis Schwärt zur Beschwichtigung em Carlo unger d Nase, dass diese ja ke Mux vo sich git. Erstunt luegt Carlo us sim Chüssi, u lat doch ke Ton vo sich ghöre.

Nach emene Wyli, wo ou ringsum immer no aues ruhig isch gsi, nimmt der Riter sis Schwärt wider zrüg. De nimmt er sin Gsichtsheum ab u luegt mit grosse Ouge der Carlo a. Dä säb macht ds Mu uf vor Stuune u wot öppis sägä oder usebrösmele. Sis Erstuune isch nid unberächtigt. Denn unger däm Heum chunt es wundervous jungs Frouegsicht füre. Mit lieblichem Blick und emene zärtliche Lächle. U si hautet ihm der Zeigfinger ufs Mu, zum Zeiche, säg jetze nüt. De flüschteret si: „Carlo Florentinus, min Meischter. Du bisch min Siger. I wirde di pflege, bis i aui ewige Zyte. U zu dim Dank, rite mir zämä uf die nöi erbouti Eigernordwand."

Em Carlo hets doch grad d Sprach verschlage.

Bau het är di Situation wider im Griff, und meint: „Wär

bisch den du? Wie bisch du do ine cho? Wo sy mini Wache?"

„I bi d Adelheid Cornelius, us em Hus Lauener. E Yheimischi. Der Wäg zu dir ganz eifach gsi. es het mi niemer wöue ufhaute.

„So zie die komischi Rüschtig ab. Die zeigt mir, dass du bim Renne gwunne hesch. U das han i nid so gärn."

„Das macht nüt, min Liebe. Für mi bisch du immer no min Sieger!" Drufabe het si ihri Rüschtig uszoge, und het ihre herrlich Körper näbe Carlos gleit. Si küsst ne u hucht ihm is Ohr: „Jetz wirsch wider ganz schnäu gsung. Merksch es de sofort."

De isch ringsume wider ruhig gsi, bis uf die Tön, wo die Zwöi vo sich gä hei.

Di fougende Zyte sy mit em Bou vu der Eigernordwand usgfüut gsi. Mächtigi Chempe hei di Lüt härägschleipft und id Höchi ghieft. Wi Ameisi sy aui a dere Wand umekragsled, hei gwärched, bigeled, pflaschteret und boued.

Tatsächlich isch das es Wunderwärch, was sich da näbä der Jungfrou abzeichnet het. Niemer hätti dänkt, dass die Römer und Helvetier zu somene Gwautsakt fähig wäre. Doch unumstösslich isch das was ds Oug gset: d Eigernordwand!

Ou bim Carlo Florentinus, em Kommandant vu däm Gschehe und sinere Atroute, der Adelheid Cornelius, us em Hus Lauener, hets e grösseri Familie gä. Es isch ihne e Suhn erwachse. Mit viu Fröid het dä Jung Cornelius Helveticus sich langsam id Arbeit vu sim Vater ynegläbt. Sowyt, dass är nach redlicher Überlegig und

Absägnig vu Rom, die Steu aus Kommandant vum Vater überno het. Aui sy zfride gsi. Ou mit ihm. Wüu är het ihne Arbeit, Brot und Spiele gä, was wider zu ere motiviertere Arbeitsfähigkeit gfüert het.

Nach viune Jahr, wo is Tau gange sy, isch der Bou vu der Eigernordwand abgschlosse worde. Aui hei ufgschnufet, dass die schwäri Arbeit um das monumentale Bouwärch jetze düre isch.
Dä Wahnsinns Bou het sich natürlich schnäu umegsproche i au dene Jahre. So hets vili Tourischte gä, wo das Monumänt de ou hei wöue cho luege. Us aune Herre Länder si di Lüt agreised. Mit Ross u Wage, mit der Ysebahn und natürlich ou mit em Schiff.
Zum Feschtakt, alässlich der Yweihig vu der Eigernordwand, hets so viu Lüt gä, dass di meischte mou im Tau unge hei müesse warte. Anschliessend isch es mit em Bähnli, wo äxtra für die vile Bsuecher anegsteut worde isch, bis unger d Eigernordwand gange. Tagelang si Schlangene vu Lüt zdüruf und zdürab. Viu erfröiti Gsichter hets gä. Derzue gueti Wort vu der Begeischterig.
Aus Houptattraktion, wo de dä Feschtakt het kröned, het der Kommandante-Vater, Carlo Florentinus, mit sire Frou, Adelheid Cornelius, das Monumänt wöue bestige. Zwar mit ungwönlicher Art und Wys, mit em Ross.
So hei sich die Zwöi auf ihre letscht Ritt gmacht. Si sy langsam uf e Hoger ufe und hei immer wider abegluegt, zu ihrne Gescht und Fründe. Nach gemächlichem längem Ritt isch der Gipfu erklomme gsi. E grossartigi Ussicht ringsume het sich ihne zeigt. De

luege die Zwöi no mou is Tau, winke aune zue und
flüge derfo. Mit grosse, langsam schwingende Flügu sy
si i Himu über der Eigernordwand. De hei si sich ine
Adler verwandlet und ihri Kreise ume Gipfu zoge.
Ou Hüt no flüge die Zwöi gmeinsam aus Adler ume
Eigernordwandgipfu. Me cha se jede Tag gse.

Künstlerpech

Es isch doch scho es paar Jahr här, wenn ig so zrügg dänke. U was i gmacht ha denn, isch unger angerem ou us Verzwyflig use cho. Denn bin i grad haub so aut gsi wi jetze. Mini Frou het mi verla u het de Tochter ou grad mitgno, mit ihrne zarte füf Jährli.

Aber i wet mi doch zersch vorschteue. I bi Guschti Ammann. Mini Biuder, ausi i bi scho es Läbä lang Maler, Künschtler und e chli Philosoph. Auso, mini Biuder han i immer mit „Ami" ungerschribe. Es het mi düecht, dass töni doch cheibe guet. Leider het di Ungerschrift d Lüt ou nid meh animiert, mini Biuder z choufe. Es het ou nie ganz glängt, für mini Familie düre z bringe. Do het mi Frou ou no müesse go schaffe. U das het ere de gar nid passt. Dass si es Läbä mit emene Künschtler zämä cha gniesse, isch der Houptpunkt gsi, dass mir ghürate hei. Irgendwie het si sich das glich angers vorgschteut und isch de gange. Wi gseit, mit der Tochter Silvia. I ha se di ganzi Zyt nie me gseh. Das het mi trurig gmacht, denno isch es eleini ou gange. Ha de bis do härä ou nie me ghürate. O wenn i jetze guet füfzgi bi, geits ou jetz no eleini.

So bin i do gstange, denn. Eleini, ohni Gäut, ohni Motivation und ohni es Schimmerli am Horizont, wis jetze chönnti wyter ga. Ha zwar gmale und immer öppe es Biud verchouft, aber di ganzi Situation isch nid befridigend gsi, zu dere Zyt. De het mi e Fium im Fernseh uf di glorriichi Idee bracht, wie dass es mir wider besser chönnti ga. Mou finanziell gse.

Ha de scho gli mis Konzept binenang gha. Aues guet düredänkt und usklüeglet. So dass mis Vorhabe glückt,

Frücht treit und mir niemer uf d Schlichi chunt. Ke Mönsch het vu mim Vorhabe gwüsst. I ha das ou äxtra uf Frankfurt verleit. Dört hets vili Banke u viu Gäut. Es isch ou wit ewäg vu deheime. Derzue isch dert e staatlichi Gäutdruckerei, u die isch mis Ziu gsi. Me isch grad dranne gsi nöji 100-Euro Schine z drucke, im Wärt vu 50 Millione Euro. Auso es ganzes Bigeli het das gä. U für mi würdi das grad eso länge, dass mer cha glich sy, öb mini Biuder verchouft wärde, oder nid.

Won i gwüsst ha, wenn und wo au das Gäut verlade wird fürs id Nationau Bank z transportiere, han i mir e Garasch und es Liferwägeli mit emene Handhubstapler gmietet. De e Transport Helikopter engagiert. Aues natürlich uf ene fautsche Name.

De isch es los gange. Es isch e rägnerische Dsischtig gsi. Für mi e monumentale Tag.

I sto vor dere Druckerei, wo im Hof z Gäut ine Sicherheitstransporter verlade wird. Drü Palett vou hets gä. Ungefär drei Qubikmeter 100er Note.

Uf mis Kommando isch der Helikopter cho. Er het unge am Tragseili es starchs Fahrzügmagnet gha, wo ner dermit dä Transporter, zum Glück no ohni Fahrer und Byfahrer, eifach us däm Hof useglüpft het und im Himu verschwunde isch. I bi de mit mim Liferwage a verabredet Punkt gfare, wo der Helikopter der Transporter abgsetzt het, wider id Lüft und de hane nie me gseh. Das isch ou guet gsi so. De het niemer däm Helikopter noche möge, go uskundschafte, wo dä härä isch.

Der Transporter isch nun bimene verlassenen Hof gstange. D Schür isch no einigermasse gsi, so dass i das Fahrzüg mit mim Liferwägeli dör ine gstosse ha. So het me ne ou vu obe här nümme gse. De han i di drü Palett i mi Liferwage verlade, der Hubstapler yglade, ha ds Tor vu der Schür zue to u bi gange.

I der Garasch, wo ni gmietet ha gha, si isch ou chli absits gstange imne Ussequartier, so ei Garage näbe der angere, dört ine han i mimi drü Palett 100er Note gsteut.

De isch der nöchscht Schritt cho. E unheimlich wichtigi Arbeit, wo innerhaub vu nes paarne Wuche het müesse abgschlosse sy, bevor aui gwüsst hei, was für e Serienummere uf dene Note stö.

I ha mir e hampfele Note i Sack gno, bi wider id Stadt gfahre, u ha eini um die angeri umtuschet. Ha chlini Sache kouft, wi Kaugumi, Zigarette, es Kaffee, es angers Getränk, mou e Zytig und so wyter. Das i verschidenschte Läde und Kiosk, dass es nid uffaut. Jedes einzelne han i mit ere 100er Note zaut. Do isch bis am Abe scho es paar Tusig Euro zämä cho.

Am spätere Abe, vu däm glungene verrägnete Dsischtig, han i mi de i ne Kneipe gsetzt und i auer Fröid und Fridlichkeit es Bier gnämiget. Das han i natürlich ou no mit ere 100er Note zaut. Derzue isch i dere Kneipe grad der Fernseher gloufe. Dä Bricht wo über mini Tat zeigt worde isch, het mi richtiggehend amüsiert. Vu miner Warte här gse isch das aues ribigslos gloufe. Und i bi zfride i mis Hotelzimmer ga schlafe.

Am angere Tag han i min Liferwage und Hubstapler wider zrügbrocht, d Mieti zaut, ou der Helikopter yzaut. De hani es angers Outo gmietet, wo nid so uffaut u bi wider loszoge uf Ychoufstur. Aues was i nid grad ha chönne bruche isch i der Garasch glandet. Ou die han i a däm Tag für eis Jahr im vorus zaut.

Di nächschte Wuche und Monet sy mit ychoufe i de verschidenschte Stedt und Dörfer vergange. Aues het wunderbar klappet. Niemer isch uf d Idee cho, dass i das vile Gäut ha.
Zwüschine bini immer wider id Schwiz gfare und ha e rächti Hampfele Gäut mit mir gno. Ou übere Zoll het niemer Verdacht gschöpft.

Wo ni guet d Heufti vergängelet und i der Schwiz gha ha, isch öppis passiert, wo ni nid dermit grächnet ha. I dere Reie Garasche, wo mini gmieteti dranne isch gsi, isch e Outomotor explodiert, und di ganzi Reie Garasche het brönnt. Au das liebi Gäut, wo no drinne isch gsi, han i natürlich nümme chönne go nä. Es het nid aues brönnt. Am Tag druf isch i der Zytig gstange, dass si no 15 Milione Euro vu dene 100er Note heige chönne rette. So isch mir nume no blibe z Outo zrügg z bringe und wider z verschwinde. Bi chli trurig gsi ab däm Füür. Doch es si mir no ca. 28 Milione Euro übrig blibe. Das isch doch scho ganz guet. Derzue han i aues i der Schwiz gha. Der Vermieter vu der Garage het ou nid chönne wyter häufe. I ha e fautsche Name agä. So sy d Ermittlige vu der Polizei wyter im Sang verloufe.

De han ig mi lenger ruhig verhaute, ha gmalet und ou Biuder verchouft. Inzwüsche han i mir es nöis Konzept usdänkt, wi ig das Gäut aues i di Dominikanischi Republik cha bringe. Wüu es dört uf der Bank guete Zins git, und i mit dene räschtliche 100er Note nümme cha go ychoufe. Inzwüsche sy aui Gschäfter, Banke und Kiosk gwarnt gsi.
Auso. Wider mou ische es losgange mit ere Aktion. Die

isch genau so schwirig gsi wi di Erschti.

Aues Münz wo ni ha gha hani i der Schwiz uf mis Bankkonto gleit. Das isch so wyt sicher gsi.

De han i mir e chline Container gmietet, mini Wohnig kündet, aui Möbu i dä Container inebiget und di räschtliche 100er Note i de Möbu versteckt. U das Vehiku i di Dominikanischi Republik la verschiffe. Das isch öppe drei Wuche gange, bis dä dört acho isch.

Dänä han i im verlouf vum letschte Jahr es Stück Land kouft mit emene Hüsli druff. Chli absits vum Dorf, denno mit Blick uf ds Meer. Auso i bi schnäu am Strand gsi zum bedele.

So han i mi i dene dreine Wuche i mire nöie Heimat ignischtet und probiert heimisch z füele. Es isch fridlich und schön warm gsi. Glatti Lüt ringsume. Niemer woni kennt ha. Das isch für z erschte ou guet gsi. Doch mit der Sprach hets no chli ghapperet. Aber ou das isch de cho, nach und nach.

I mim Hüseli han i e chline Chäuer afa usgrabe. So dass wenn de der Container chunt, ig mis Gäut dört drinne cha verstecke.

D Zöuner hei chli Schwirigkeite gmacht mit mim Container. Irgend öppis het ne nid passt. Nach wytere drei Wuche immer wider uf das Zollamt go und probiere mis Hab und Guet go usehole, han i gnue gha. I ha agfange de Zöuner do und dört e aschtändigi Note id Finger z drücke. So isch de langsam vorwärts gange. Bau hani mi Container vor mim Hüsli gha. Das isch ou öppis gsi, wo me hie nid jede Tag gset. Drum han i immer vili Gescht gha, vor auem viu Ching, wo sy cho luege und gwungere. Trotzdäm bin i mit uspacke und yrichte guet vorwärz cho. Und der nöi Chäuer unger mim Hüsli isch nach und nach vouner worde.

I ha de der Container zrüggschickt. Derna mi chönne der Rue, der Sunne, em Bade und mine nöie Biuder widme. Do ha i jetz chönne min nöje Stiu vu Malerei awände, woni scho lang im Chopf ha gha. Viu verschidenes han i usprobiert, pröbled und gschwitzt derzue. Es isch guet use cho.

Bi wägä mine Biuder oft schreg abluegt worde und mit Name bin i nume der „Ami" gsi. Obwou mit Amerikaner han i nüt z düe gha. Es isch fu der Ungerschrift uf de Biuder cho.

I dere Zyt han i mi mit eneme Bankdiräkter agfründet. Er het di Bank im Dorf gleitet. E flotte Bursch scho bau id Jahre cho. Het aber sis Metier verstange. Ihm und sire Bank han i de aui mini 100er Note avertrout. Ha ou müesse ygo, dass si mindischtens 10 Jahr druffe blybe und i höchschtens der Zins cha wägnä. Das aues unger em Deckmantel vu der Verschwigeheit. Das Konto het de ou es Nummero bercho, und nid mi Name. So isch aues zu üsem Beschte gsi. Der Bänker het natürlich vu mir ou es aschtändigs Trinkgäut bercho. Das isch si Lohn gsi fürs Schwige. Natürlich isch der Zins hervorragend usecho. Mit 19% im Jahr, cha me sich nid beschwähre.

I ha mir usgrächnet, dass nach dene 10 Jahr Zinse mit desse Zinse und de Zinseszinse, wider guet 50 Millione Euro wärde zämä sy, dass i die der Dütsche Nationaubank zrüggibe. Natürlich nid uneigenützig, sondern, dass si derfür aui Aklagepunkte gägä mi, i däm Fau no gägä Unbekannt, lö la faue, somit ig wider vouständig rehabilitiert bi, und es sich kener wytere Konsequenze für mi ergä. I ha das aus e fere Zug vu mir agluegt u bi dermit ou sehr zfride gsi.

Nun do si di Jahre is Land zoge. Bi ou eis oder z angere Mou wider ider Schwiz gsi, für ds luege wi es dene da geit. Ha aber nie Bsuech gha, vu schwizer Bekannte, bis a däm Tag, wo ni nach dene 10 Jahr aues für d Gäutübergab a di Dütsche ha wöue yleite.

Da chunt doch es Jungs Frolein ganz eleini zu mir u fragt, öb i nid der Guschti Ammann sigi. I ha se nid kennt. Bi ou chli skeptisch gsi. So es knapp 20 jährigs Frolein, ganz eleini.

Wo si sich vorgsteut het, han i müesse abhökle. Es isch mini Silvia, mini Tochter gsi. Fröideträne si mir über d Backe abegloffe. Ja, fasch 15 Jahr isch es här gsi sider, dass i se zletscht Mou gse ha. Und i cha nech sägä, es het viu z brichte gä vu dene viune Jahr. U denno, han i ihre nüt gseit, vu mim Frankfurter Kunschtstück.

Nach es paar Tag isch si wider verschwunde, so wi si cho isch. Und es es isch mängs Jahr vergange, bis i se znöchscht Mou wider gse ha.

I dere Zyt isch wahrlich viu verschidenes passiert.

Mit der Bank vu Dütschland han i mi chönne einige. Mi Bänker het da aues id Wäg gleitet. Si hei 55 Millione Euro bercho. Das het se ganz zfride gschteut. Jetz hei si no di grettete 15, und die zuesätzliche 5 Millione vu mir gha. Das het ihri Umchöschte und d Schuldzinse für di Jahr abdeckt.

Mir hei si im Gägäzug es offiziells Dokumänt düre Botschafter la zuecho, wo ni derdür vollkomme rehabilitiert worde bi. So han i nüt z befürchte, wenn i wider mou i eine vu de EU-Staate reise.

De isch lang nüt umwärfeds passiert. Nume ds

politische Wätter het sich langsam afa verdunkle.

Eines Tages seit der Bänker zu mir, dass er jetz id Pangsion göngi. Er würdi mir rate, öppis vu mim Gäut abzhebe und amene angere Ort z investiere, oder azlege. Es stöngi warschinlich e krasseri politischi Wändi vor üs. Drufabe hani e Teil vu mine Zinse mir la uszale. Anstatt dass i se wider i nere Bank versteckt ha, si di vile Nötli i mi Chäuer gwanderet. Aus Notgrosche, sozägä.

Und es isch de tatsächlich scho nach es paar Tage zumene Putsch cho. D Regierig, wo sich da neu etabliert het isch us Militärs bestande. Das het nid viu guets bedütet. Es het sich de zeigt, dass sich di Befürchtige vu mim Bänker bewahrheitet hei. Aui Bankkonto vu Usländer, so wie di Nummerekonti, auso ou mini, si vu der nöje Behörde yzoge und gschlosse worde. Nid grad e suberi Sach um zu Gäut z cho. Doch i has ja damals ou nid viu angers gmacht. Öb de di Gäuder wider einisch verteilet wärde, so wi ig das gmacht ha, das mag i bezwyfle. Ou bis zum hüttig Tag isch no ke Cent vu mine Konti zrügg cho.

Jetz bin i wider emou dagstange. Eleini mit weni Gäut und ohni malerischer Perspektive.

Us vouer Verrückti han ig de e längi Biuderschlange vu mim Hüsli, bis is Dorf gmacht. E hufe Biuder uf Tuech gmalet, amne Seili ufgspanned, immer wider e Pföu derzwüsche, das bis is Dorf.

Tagelang bin i vor mine Biuder gsässe, u ha wider emou nid gwüsst was mache. I ha zwar no gnue Gäut gha, dass es ma länge bis hinger use. Aber was mi de gschtört het a dere ganze Sach, dass is nid gschafft ha e Plan vouständig, nach mine Wünsch chönne z verwürkliche. Ou wenn es jetz rund 25 Jahr passt het, nach mim Coup in Frankfurt, so hets jetz doch nüm viu vu däm ume. Und i has nid emou säuber usgä.

Wo ni wider amene Tag so vor mine Biuder sinniere, chunt e Staatskarosse de Biuder no, uf mi zue. Eine stigt us, begrüesst mi förmlich und fragt, öb ig der „Ami" sigi. Nach mim ja, het er mir e Brief vur Regierig id Finger drückt, wo drinne steit, dass ig fortan für di nöji Regierig dörfi Biuder und Huswänd amale. Mi Binsuzug und Malsiu passi am Presidänt so guet, dass si wünsche, mi aus Staatsmaler z engagiere.

Ja, und so han i wider öppis vu mine Konnte zrüggbercho. Ou wes nume e chline Teil isch. Aber trotzdäm, das het mir gfaue.

Es Blüemli chönt filech häufe.

„Öppe wou es Blüemli wirsch de scho no vermöge, für em Lotti mit z bringe. Hüt isch jo Sunntig, u z Lotti wird sech druf freue für di z gseh. Chasch jetz nid eifach der Weich usähänkä u di hingerzi derfoo schlichä. Das wäri nid grad eso gschid fu dir, Fredi." Grad eso grad use isch Wäbers Werni mit em Bärger Fredi. „Muesch de luegä, wi ds Lotti für e Güscht schöni Ouge macht. Es chönti de no sy, das di ds Lotti es bizeli yversüchtig wot mache. Es chönti aber ou sy, das sis würklech uf ä Güscht abgsee het. I müest jo lache. Du schwärmsch so uschafelig fürds Lotti, u si weis nüt bessers aus mit em Güscht am Arm id Chiuche z spaziere. E, i mues scho sägä, es tät mer es bizeli leid für di, hesch der jo so müji gä. Aber jetz, läb wou, Fredi, mir gseh enang de no i der Chiuche."

U so louft Wäbers Werni gmüetlech derfo.

Bärger Fredi steit do wi bsteut u nid abghout. U es wurmet ne scho, wen er sech vorsteut, das z Lotti mit em Güscht würdi go. Eigetlech het Werni scho rächt, öppe es Blüemli würdi äuä scho chli mithäufe, das es de villich doch no chönti klappe mit em Lotti.

Gmächlech louft er wyter. Irgend öppis bloget ne no im Hingerchopf.

Chöntis em Änd de no sy, das z Lotti eifach nüt fu ihm wot wüsse. Es isch zwar immer es aständigs gsi, ihm gägänüber. U doch het er mängisch z Gfüu, si sig so nät zu ihm wi zu jedem Angärä ou.

Gedanke verlore stouperet der Fredi wyter.

We me ihm so zueluegt, der Chof vor ab lo hange, u d Häng i de Seck, chönt me fasch uf d Idee cho, es sig öppis los mid em Fredi.

Genau öppe so hets em Annekätti gschune. Es geit e chli nöcher zueche u macht de zu Fredi: „Säg, hesch öppis uf em Härz? Cha ni der villich häufä?"

Der Fredi luegt se chli äbwäsend aa u meint: „ Ä, jo, nei es isch aues ir Ornig, Annekätti, mersi." U louft eifach wyter.

Ds Annekätti blibt sto u rüeft im no nochä: „Chunsch nächer ou id Chiuche, gäu."

Ä chli uglöibig steit si do u schüttlet der Chopf. Für sich dänkt si, es isch äuä öppis im tue mid em Fredi. Es würd mi de weiss Gott wunger nä, was do los isch.

Es bizeli spöter höklä aui i der Chiuche. Nume eine fäut. Es isch der Fredi wo nid cho isch. Mä merkt das zwar, aber verlürt nid wyter Gedanke dra.

Dr Pfarrer uf der Kanzlä hautet e schöni Predig.

Er verzeut fumenä Meitli wo doch so gärn mid sim Bueb zämä wär gsi. D Eutere heis ere verbote. Dä sig doch nüt. Er strieli i dr Wäutgschicht umä u schaffi nüt. U sini Auti sigi ou ä richtigä Schandfläck fürs Dorf. Das göngi auso nid eso.

Ds Meitli isch fasch verzwiiflet dernäbä wüu si dä Bueb richtig gärn gha het. U si weiss nid so rächt wi sis glich chönti agattigä das si nä chönti gse, ohni das es sini Eutere grad inne wärdä.

U am Obe vor em yschlofe het si zu Gott bätät. Si het ihm verzeut was se bedrückt. U seit de: „Gäu du hiufsch mer de scho, das i es Rüngli mit mim Bueb cha zämä sy. Du weisch ja, dass i nä eifach gärn ha. Er isch so nä liebä. Aui hänsle nä, wüu er nid grad ä subere isch. Mängisch het er ou d Ufgabe nid gmacht, u de hout nä der Lehrer, u aui lachenä us. Aber häufä würd im niemer. U das numä wüu si Vater im Gfängnis hoket. Gäu du hiufsch mer derby, aber seisch de niemerem öppis derfo."

U de isch si ygschlofe u het vu sim Bueb tröimt.

Tatsächlech isch es de wahr worde. Ds Meitli isch am Nomittag mit ihrem Bueb zämä gägä Waud ufe glüfä. Eso, dass se niemer het gseh. Im Waud sy si de uf ene aute Strunk härä ghoket u hei sech a dä Häng gha. Jo es isch richtig fiirlich u schön gsi für di Beide. Si heis gnosse eso chli chönne binang z höcklä. Es het nä gut do u hei ghoffed, das si das wider emou chöi mache.

Am Obe vorem yschlofe het z Meitli wider bätät. Si het ihrem Gott gseit wi schön dass es sigi gsi. U si danki de scho no derfür, das er gluegt heigi, für e chli zämä z sy. Si hoffi, das er de wider emou häufi.

U de, chli spöter het si no zu ihrem Gott gseit, er söu doch ihrne Eutere sägä, wi der Bueb ä liebe isch. Ihm wärde sis de wahrschynlech gloubä.

So isch z Meitli ruig ygschlofe.

Wo de es bizeli Zyt isch verbygange gsi, het es sech wider emou gä, das sech di zwöi ungstört hei chöne gse. Es früsches Lüftli isch über das Mätteli zoge wo si grad näbä nang gläge si. Der Bueb het ere mit emene Grashaum fin über z Näsi gstrichä. Es het se gchuzeled. U si hei glached zämä. Wi schön so nä sunnigi Zit mitenang chönne z verbringe.

De ghöre si öppis cho näbädra. Beidi luegä umä.

Es isch ä Fuchs gsi. Dä het richtig gschumet vor em Muu. Er isch immer nöcher cho. Jetz het z Meitli Anscht bercho. Dr Bueb het ne probiert z verschüche. Er het grüeft u mit dä Arme i der Luft umä gfuchtlet, das dr Fuchs de wäg göngi. Es hät jo chönne sy, dass dä Touwuät het gha, eso wi dä het gschumet vor em Muu.

Ou ds Meitli het jetz mit ghulfä fuchtle u brüelä. Si sy ufgstange u hei wöuä furtspringe. Villich geit de dr Fuchs ender äwägg.

Aber aues hängle u praschauere het nüt gnützt. Dä Fuchs isch immer nöcher zu dene zwöine zueche cho. U er het sech ou nid lo nä, i das zarte Wadli fum Meitli z biise.

Dr Bueb hed im i däm Momänt ä Schut a Gring gä, das dä nume blöd ume gluegt het, u zum Glück joulend dervogrennt isch.

Z Meitli het näbädra brüelet u sech ds Wadli gha. Es het uschafelig weh do.

Dr Bueb riist e Hampfele Gras ab. Er wot dermit ires Wadli abputzä.

Irgendwie isch es em Meitli drümmlig worde, u si isch is Gras gheit.

Dr Bueb luegt se aa wi si im Gras ligt. Derzue dänkt er: we jetz dä Füchs glich Touwuet het gha, isch das jo gfärlich. De bruche mer ä Dokter.

Oni fiu z überlege nimmt er sis Meitli uf d Arme u treit se abe ids Dorf. Si isch echli schwär für ihn. U plötzlech het er Angscht. Hoffentlech chumi nid z spät zum Dokter. Was würde äch iri Eutere sägä weni jetz z spät chume.

Do si scho di erste Hüser vum Dorf de isch es nümme wit bis zum Dokter.

Z Einte oder z Angere gset ne uf der Stros. U si fö ou grad aa tratsche mitenang. Dr Bueb luegt se im verbigo aa u seit Geistesgägäwärtig: „Was stöter no so blöd do, rüefed em Dokter u säget ihm das i chume. Es chönti Touwut sy."

Di Einte u die Angere verstübe i ihri Hüser. Dr Bueb geit

wyter.

Bim Dokter het me scho Bscheid gwüst. U d Eutetre vum Meitli het me ou scho grüeft. Viu schlimmer hets jo jetz nümm chönne cho für die zwöi.

Sider isch z Meitli wider erwached. Si het biischtet, wüu sere so Weh do het.

Der Dokter isch scho dra, das lädiertä Wadli z verarzte. Er het ere ä Sprüze gää, d Wunde mit rotem Merfen ygschlarget, u de irgend e Saubi drufgschmiert.

Grad i däm Momänt chöme d Eutere vum Meitli. Si sy ufgregt as nume öppis. Si chöme derhär wi wenn grad d Wäut unger gieng.

Wo der Vater dr Bueb gseh het. Potztusigwätter, jetz hets ihm aber taged. Wi nes Gwitter isch er über dä Bueb zoge. Er heig si einzigi Dochter uf em Gwüsse. Es göngi nid lang de sig er de ou dört wo si Vater. Er heig das verdient das ne dr Polizischt chömi ch abhole u ne de grat hinger Gitter stecki.

U so isch das wytergange. Richtig uschafeligi Wörter hed er is Muu gno. Em Bueb isch es scho ganz eländ worde derby.

D Mueter näbädra het nüt gseit. Si het nume gränned u isch chum me z beruhigä gsi.

Do isch dr Dokter mou derzwüsche gstange u het wöue öppis sägä.

„I würd mi nid so ufrege, we ni öich wär. Em Meitli isch nid viu passiert. Es tuet sicher no es paar Tag weh, aber nächär springt si wider ume wi we nüt passiert wäri. Si het Glück gha. Es isch ke touwüetige Fuchs gsi.

Aber öppis mues i de scho sägä. Der Bueb het migotsdüüri ds Richtige gmacht. Dir chöit ihm danke, das er ds Meitli zu mir treit het. E angärä häts de villich lo ligä, dört im Gras, u wär derfo, ohni nume öpperem öppis z sägä. Bim Donner het ers nid verdient das der ne so abrüeled. Häbed gschyder chli Sorg zu ihm, u häufed ihm, so winer öier Dochter ghuefe het.

U jetz göt hei. I bringe de ds Döchterli am Abe zuenech hei. De luege mer de das no mou aa."

Di beide Grosse hei chi zögered, aber de em Bueb glich d Hang gä. Es isch ne nid so wou gsi derby.

De sy si hei.

Der Bueb het em Dokter no mersi gseit, das er sis Meitli gretted het. U es sigi schön vo ihm, dass er es guets Wort bi de Eutere ygleit heigi.

Er het sech no fu sim Meitschi verabschidet, u isch de ou gange.

Spöter einisch hei d Eutere vum Meitli dr Bueb yglade, für mitne cho z Mittag ässä.

Der Vater het im gseit, das er äuä scho chli grob zu ihm sigi gsi. Aber er wöui jetz vergässä was dört gange sigi. Eigentlich siger jo froh, das er em Döchterli ghuefe hed. Ui jetz wöu si doch zämä go ässä, schüsch wärds no chaut.

Ja! Es isch nid grad e autäglichi Predig gsi, wo do der Pfarrer het ghaute. Es paari hei tuschelet u glached bim usego. Angeri sy schtiu gsi u hei sech die Gschicht wo dr Pfarrer verzeut het no mou düre Chopf lo go.

Weder der Werni no ds Annekätti hei a Fredi dänkt. Si hei gschwafled mitenang u sy heizue trapped.

Ds Lotti isch i der Chiuche blibe hocke. Der Güscht isch afe gange. Si het im gseit er söu nume afe go. Si chömi de spöter nochä.

Der Pfarrer het ds Lotti gseh eleini i de Bänk hocke. Er geit ufes zu u seit: „Lotti, bedrückt di öppis. Chani der Rat gä?"

Ds Lotti luegt ne süferli aa: „Herr Pfarrer, isch das es wahrs Gschichtli gsi? Gids es würklech das zwöi eifach eso zämä chöme, ou we di Angärä meine das gäbi nüt."

„Lue Lotti" seit dr Pfarrer ruhig „es isch nid wichtig öb das Gschichtli stimmt oder nid. Es isch ou nid wichtig was di Angärä säge. We du dr Fredi gärn hesch de gang schnäu zu ihm u säg ihms. I ha das scho lang gmerkt, das do öppis i dr Luft ligt. I gloube es Blüemli chönt villech häufe.

Aber, gang jetz. Du fingsch dr Fredi sicher no bim Wäudli. Zletscht ämänd höklet er am Bördli näbem Boum u grübled über öich noche.

Lue guet zum Fredi, er isch e guete Bursch. Gott isch mit dir, Lotti."

„Mersi viu mou, Herr Pfarrer. I ga ne grad go suechä."

Ungerwägs ramisierts es paar Blüemli zämä, u springt em Wäudlili zue. Scho vu wytem gseht si der Fredi am Bördli.

Si rüeft im: „Fredi, wart i chumä!"

Si chas fasch nid erwarte, dr Fredi id Armä z nä. Es chramselet scho dr Rügge uf u ab. Was äch Fredi sägä wird. Ihri Gfüu si scho ganz uf Liebi ygsteut.

Scho isch Lotti binim, mitem Bluemesträusli i der Hang.

Jetz steits Lotti vor ihm. Es schnufet no chli schnäu, gid ihm d Blüemli id Hang, u seit: „Fredi, i ha di gärn."

Rose im Bild

D Hannelore Waberer hets i der Zytig gläse. Mäng angere hets villicht im Schloss säuber verno. U no angerne het mes eifach zuetreit. Es isch gschtange, dass im Schloss z Gürlige e Saau renoviert wärdi, wo no nid erneuered isch. Damaus, bi der Totaurenovation, het me dä Saau no lo sy wi är isch gsi. Doch jetz het me ds Bedürfnis, das noche z hole. D Ywihig vum Saau sötti de ändi Juni stattfinden wenn de der nöi agleiti Rosegarte hinger der Schlossmuur ou vou in Blüete wird sy. Zu dieser Ywihig het me Künschtler und ou nid Künschtler ufgrüeft, sich mit Rose usenang z setzte und es entsprächends Kunschtwärch z schaffe. Es söu aber chlii sy und nid viu Platz in Anschpruch nä. Denn me wetti einersits viune Kunschtschaffende d Müglichkeit gä, sich z präsentiere. Zum Angere isch ja d Natur scho so, dass e Rose nid auzuviu Platz brucht. Dämentschprächend sötti das entstehende Wärch chlii blibe. Das het sich d Hannelore z Härze gno.

Si het scho immer wider i au dere Zyt Rose gmahlet. Rose i aune Forme, Farbe und verschidenschte Grössine und Arte wie si häräbüschelet worde sy. Hannelore het sich i de vergangene Jahre sehr schtarch mit Rose im Augemeine usenander gsetzt. Si het viu drüber gläse und glernt. Und het di Rose immer feschter gärn übercho.

So het d Hannelore agfange sich ane wyteri Rose härä z mache. Zersch d Linwandgrössi feschtlege, nächär d Farbe barat mache. De d Farbe mische, dass es schöni, amächeligi Rose im Biud wird sy. Wie dass das Biud wird usgseh, das het Hannelore no nid ganz feschtgleit.

Si fat trotzdäm mit de erschte Binsuschtriche afa di Linwand yfärbe. Zersch chli Hingergrund und der Ungergrund aus Vorlag, wo aus mügleche druffe cha erwachse.

Langsam het di Rose im Biud Forme agno. Do no chli güen für d Bletter, dört verschideni Rot und wiss für d Blüete. Vu dene Blüete gits no mehreri, so richtig wi es Buggee.

Einigi Tage het si allewyl wider der Binsu füregno, für no wyteri Details a disem Biud z pflege. Nüt het si em Zuefau wöue überlo. Es söu doch es Prachtsbiud wärde, wo id Räng cha cho. Vor auem wenn de im Schloss z Gürlige d Usschteuig zur Yweihig wird düre Saau schwinge.

Es sy scho wider es paar Tage verflosse. Hannelores Biud isch fasch fertig. Si lots no uf sich würke, bevor di letschte Farbestriche ad Rose chöme.

Ufs Mou het das Biud mit Rose ihre letschti Schliff übercho. Eso sagehaft schön und usgwoge, dass es würklich Zyt isch, dass ds Schloss ihri Tore tuet öffne für di Usschteuig rund um d Rose. Das zur Eröffnig vum wytere Umbou.

Es erschynt imene wunderbare häue, glänzig satte Liecht. Das nöi gschtautete Schloss in Gürlige.

D Gescht zur Yweihig sy durchus feschtlich glunet und ou kleidet. Mit de verschidenschte Farbe ergänze di Gescht das erfrüschende vur Erneuerig. Zudäm isch im grosse Saau viu Kunscht rund um d Rose z gseh. Verschidenschti Künschtler hei sich aui erdänklichechi Müe gä, es prächtigs Rosekunschtwärch härä z schteue. Das het d Gescht beydruckt und schampar gfreut. So e geballte Fülli und Pracht vu künschtlerischem Elan und

27

Handwärch. E Gedankefiufaut, wo zum Schtuune und verwyle animiert.

Natürlich isch zur Eröffnig viu gseit und vortrage worde. Mänge müglichrwys ou wichtige Ma und Frou het sich i die künschtlerische Höcheflüg ufegla, für das z priise und hervor z hebe, wo da im Ruum so wichtig und schön isch, nämlich d Rose.

Es glungnigs Fescht het sich da aglo zur Eröffnig vum nöi erschunene Saau. Und ou aues angere rund um ds Schloss um, wo zum aluege und sich erfröie isch, wi der Rosegarte.

Jetz schteit d Hannelore mit viune angere Künschtler und Kunschtfründe im Saau, wo churzfrischtig zunere Gallerie umgschtautet worde isch. Mit ihrem Cüpli i der Hand louft si dür di Wärch düre. Leider cha si mit em Meischte nüt afa. Es isch ere eifach z Modern. Aber hüt isch das so. Wenn es söu verchöiflich sy, de mues es Modern sy. Trotz däm Satz und dene Gedanke wot d Hannelore bi ihrne Rose blibe, wo me no gseht, dass es Rose sy.

Vor ere Plastik blibt Hannelore schto. Es isch es Wärch mit em Titu „Rosenmann". Unzwyfuhaft ist das e Maa mit Rose. Es het se grad packt. Dä Usdruck i dere Figur. Das isch wi wenn dä Maa uf si zue chämi mit de Worte: ‚Liebi Hannelore, ou für di e Rose!' Si chas fasch nid für müglich haute, e so e natürlichi Figur, näbscht au däm Moderne. Denno. Es isch was si gseht. Das seit ihre dä Maa ou, wo vu hinge här a se häräträtte isch. „Faszinierend, gäued? Me chönnti meine, der Rosemaa wöui di Rose grad öpperem gä." Hannelore luegt chli erschrocke ume. E mächtige Maa luegt se mit liebliche Ouge aa, bevor er no wyter redert: „Entschuldigung. I ha nech nid wöue erschrecke."

Hannelore ganz paff: „Eh, dir heit mi nid verschreckt. Bi nume ganz i dä Rosemaa vertöift gsi."

„Darf ig mi vorschteue? Wendolin Kriesser. Biudhouer. I ha dä Rosemaa gmacht."

„Gratuliere, Herr Kriesser. Dä isch nech aber usserordentlich naturnoch glunge. Das darf ig sägä."

„Eh danke viu mou! Frou...."

Hannelore het gar nid gmerkt, dass är vu ihre ou wetti der Name wüsse. Si isch immer no so fasziniert. Wo är de d Hand häräschtreckt zum Gruess, do tages ihre. Si wird ganz rot im Gsicht und meint verlägä: „Jo, - ig, - Hannelore Waberer. Husfrou und Malerin. Entschuldiged ig bi ganz zum Hüsli us. Richtig fasziniert vu dene Rosemanne."

Jetz hets Wendolin verwütscht. Es entschpriesse ihm Gedanke, wo villich chli gfärlich sy i däm Momänt. Doch är het das Gseite nid wöue la warte. „Heit dir Rosemanne gseit? Frou Waberer? Wie darf ig das verschta?"

Hannelore isch wider do und ganz ruhig: „E! dä Rosemaa hie, het mir gschune, dass är mir mit liebe Wort wetti di Rose übergä. U dä Rosemaa da," si zeigt uf Wendolin, „dä het mi mit sire Erschinig und sire behagliche Schtimm i sy Bann zoge. Drumm bini fasziniert vu dene Rosemanne." Hannelore ungerschtricht das Gseite no mit emene viusagende Lächle, wo si em Kriesser schänkt.

Läng hei si enang agluegt. Do hets kes Wort derzue brucht. D Ouge hei doch redlich aues usdrückt, was nid über d Lippe cho isch. Hannelore isch es richtiggehend warm worde der Rügge uf und ab. Es isch ere läbhaft is

Gedächtnis gschprunge, aui die Gedanke, wo si no vor es paar Tage pflegt het. Aui ihri Liebi, wo si de Rose uf de Biuder gschpändiert het. Wo si dänkt het, das längi ihre zum läbe. Bis jetz het das ou gschtumme. Si het nid meh brucht. Di Rose i ihrer Wohnig hei glngt. Öppe mou e Rosegarte go aluege und mängisch ou e reelli Rose uf e Tisch schteue. Das isch immer gnue gsi. Aber jetze! Die prächtigi, imponierendi Pärson vor ihre. Dä bewundernswärti Maa. Das het si überhoupt nid erwartet, dass es ihre no mou chönnti passiere, dass si so emene ansehnliche Maa wird gägenüber schta. Es het se fasch us der Bahn gworfe, die unerwartet guet tuende Gfüu. Es isch öppis schöns, so härzhafti Wermi z gschpüre, nume we si e Maa aluegt. Das isch ere wou sit Jahre, ja Jahrzähnte nümme passiert. Das lat si der Wendolin grad wüsse. Das het jetz eifach use müesse. „Wendolin. I darf doch so sägä, nid?"

Wendolin drufhärä: „Wou gärn, Hannelore!"

„Wendolin, es isch mir fasch chli pinlich. Doch wenn ig so e Wärmi i mir gschpüre nume dür das, dass ig so e fürstliche Maa aluege, und das i so ener wundervoue Atmosphäre, de chunts mir vor, - aus öb ig wider zwänzgi wäri. Das isch so schön. Wei mir nid chli dür di Kunscht düre loufe. Süsch mache ig no öppis dumms."

„Aber Hannelore. So schlimm wäri das doch nid. Wenn di Gfüel so schön sy, chasch doch gar nüt fautsches mache! Aber denno. Mir wei üs d Usschteuig mou gneuer aluege. De zeigsch mir sicher ou was du da härä bracht hesch? Oder lieber nid?"

„Mou Wendolin. Danke. Auso gömer!"

So schlendere di zwöi wi vertröimt dür dä Saau vouer Kunscht. Jetz het d Hannelore ufs Mou z Gfüu, di moderne Sache sige gar nümme me so schlimm.

U de vor der Rose im Biud vu Hannelore blibe si schtumm schta. Di Bank vis-à-vis ladet se zum verwyle y. So sitze Hannelore und der Wendolin dert. Haute sich schwigend d Hand, erörtere d Gedanke, lö sich gägesitig vu de Gfüu dürdringe und warte uf e nächscht Momänt.

Der Zucker Cup

D Veranstalter vum disjährige Zucker Cup, hei e neui Herusforderig gsuecht. Es isch scho ds 25. Mou, wo dä Alass düregfüert wird.

Für so nes Jubiläum hei si im Vorschtand dänkt, es sötti mou öppis angers sy, aus e sportlichi Tätigkeit. Vu dene hets i de letschte Jahre willsgott villi gä. Wi zum Bischpiu Schutte, Chorbball, Wandertag, Outorenne, Schachtournier und so wyter.

Es het auso öppis söue sy, wo Jubiläumsrif isch, und no nie isch da gsi. Öppis, wo me no nie het gmacht.

Somit het me de im Vorstand nach einige hitzige Diskussione beschlosse, dass e ganz spezielle Alass, diese Zucker Cup wird biete. Und zwar eine, wo tatsächlich der Zucker im Vordergrund steit.

Uf de Amäude Formular isch nume z Wichtigschte gschtange. Das was die sich Amäudende dörfe. Jedi Gruppe darf nume us vier Pärsone beschta. Eine aus Chef und Tätschmeischter, zwe wo schaffe und ei Confiseur. D Arbeits-Chleidig isch agseit für dä Alass. Und nid es sportlichs Tenü. Was de d Ufgabe wärde sy, das schteit nid i däm Formular. Es söu jo e Überraschig wärde.

Nach em Amäudeschluss sy nün Manschafte agmäudet gsy. Und zwar je eini us der Zuckerfabrig Frouefäud und Aarbärg, us der Zuckermüli Steinebrunn und Rupperswil, vum Disch, vu de Schoggi Frey, Buchs, es Grüppeli Munzli, der Inkerklan und de no Kaffeeschtübeler. Auso es usgezeichnet gmischts Teilnämerfäud wo do uf die zwe Tage zuecköme.

De isch es so wyt gsi.

Am Fritig Mittag sy aui ytrudlet. Viu Fröid und Elan hei si mitbrocht. Jede het wöue derby sy und gwinne. Aber kene het gwüsst wie.

Nach em Begrüessigsdrink und der Aschprach vum Vorstandspresidänt, isch es de drum gange, z vernä, was a dene zwe Tage bis am Samstig Abe wird passiere. Was d Ufgabe wärde sy, für di nün Gruppene.

Je drei Gruppe sy i ne Schuelchuchi gsteut worde. Dört het jedi Gruppe e Chochschteu zuegwise bercho. Drum ume ich e Absteuflächi und es Brünneli gsi. So wi äbe e Schuelchuchi ygrichtet isch.

Di vier Manne, es het sich leider niene e Frou agmäudet gha, so hei die vier Manne ihre Arbeitsplatz für die zwe Tage zuegwise bercho. Dodermit hei aui di glychi Usgangslag gha.

Villech isch no z erwähne, dass scho am Frytig Abe di erschti Tagesrangverkündigung isch gsi. Die het natürlich uf e Verlouf vum Samstig no chli Pep ynebrocht. Gwüssi Rivalitäte hei no dermit Versterchig übercho.

De isch es ad Arbeit gange.

D Ufgab wo zum löse vorgläge isch, het doch einige Chopfzerbräche gmacht. Si hei e hufe Fantasie und Erfindergeischt brucht. Wou, di Verantwortliche heit tatsächlich e Alass häräbrocht mit ere Ufgab, wo di Meischte aus Jubiläums würdig betitlet hei. Ou we si is Schwitze cho sy.

Auso, d Ufgab het drin bestange, us 10 Kg Zuckerrüebe Zucker z mache, und zwar so viu wi müglich. De zum Abschluss het us däm Zucker es Schoustück söue entschta. Wi de dises Schoustück usgseh het, das isch de Gruppene frei gschtange. Bsungers für die Ufgab het jo jedi Gruppe e Confiseur mitgno.

Erschwärend isch no derzue cho, dass jedi Gruppe ds Chochgschir zersch het müesse zämäsueche. Si hei auso nume d Chochsteu und d Zuckerrüebe gha. We de eine sis Mässerset het mitbrocht, het er natürlich e Vorteu gha.

De sy di einzelne Gruppe mou zämägstange, hei sich probiere vorschteue, wi si die Ufgab wei und chöi aga. Natürlich hei die vu Frouefäud und Aarbärg e Vorteu gha. I ihrne Fabrigge wird jo sozägä jede Tag Zucker fabriziert. Aber ihre Nachteu isch, dass si jetz ke grossi Maschine und Alage zur Verfüegig hei. So gse isch es doch für aui es usgliches Renne.

I dere Gsprächsrundi het doch der Eint oder der Anger probiert sich z erinnere, wi ner de das i der Schuel damals gmacht het. Und öppe eine het dises Wüsse wider füre kramed.

De si di meischte verstobe, uf d Suechi nach em Choch-gschir. Auerlei Resturant und Bäckereie het me versuecht uskundschafte nach däm Gschir. Es paari hei sich das eifacher gmacht. Si sy zum Abwart vu der jewylige Schuel, hei sich dört das sowiso vorhandene Chochgschir lo ushändige. Das isch jo nid verbote gsi. Der Eint chunt druf, der Anger nid.

So isch es losgange. Die Zuckerrüebe, es sy aui us der glyche Produktionsflächi cho, das wenigschtens vu dere Site här aui die glyche Vorgabe hei. Auso die Zuckerrüebe si gwäsche worde, so suber wis nume geit. Ja, u de hei si afo hacke, was das Mässer härägit. Die vu Aarbärg und Kaffeestübeler hei Zuckerrüebe graffled. Het sicher chli me Arbeit gä, sy aber besser zum uschoche gsi. Die vu der Schoggiklike hei sich beklagt, dass sicher aui angere e Vorteu hei. Si choufi jo der Zucker i Bahnwagon i, u müess ne nid säuber no produziere. Do wüssi sicher d Frouefäuder und die Steinebrunner me besser wi das göngi. Si chömi de znöchschte Mou nümme, das sigi ungerächt.

Ja, grad die müesse sich beklage. Si hei jo i de letschte füf Jahr i de sportliche Aläss drü Mou der Zucker Cup gwunne. Aber äbä. Es geit immer ringer, de Angerne e Vorwurf z mache.

Die wo am meischte überleit hei und jetz ou ganz ruhig schaffe, das isch der Imkerklan. Vu dene ghört me eigentlich nüt. Hoffentlich hei si de ou richtig drüber sinniert, wi me dä Zucker us dene Rüebe cha locke.

I der Hitze des Gefechtes hets scho der erscht Unfau gä. Dä wo für d Rupperswiler Zuckerrüebe ghacket het, das es de richtigi Schnitzel git, het sich us Unachsamkeit es zünftigs Stück vum Fingerberi abgschnitte. D Sanitäter wo zur Steu sy gsi, hei ne zumene Dokter müesse bringe, für dä Finger wider aznäie. I desse Foug het d Gruppe Rupperswil ufgä. Mou us Solidarität mit ihrem Maa. Und vor auem, wüu dä Maa genau gwüsst het, wi me dä Zucker us der Rüebe usechuzeled. Es het ne leid do, dass si scho müesse hörä, aber es isch besser gsi so, hei si ömu gseit. Si chömi de s nächste Jahr wider. De hoffe si, dass es ohni Unfau göngi.

Jetz sys nume no acht Gruppe. D Konkurränz wird chliner. U einigi erhoffe sich doch gueti Ussichte uf ene vordere Rang.

We me über di Chochherde y luegt, do isch doch scho einiges am plodere und choche. Aui Zuckerrüebe sy gschnätzled oder graffled und im Wasser am gare. Es isch luschtig zue z luege. Di Einte sy richtig gschäftig am

Fiuter montiere und bespräche wis de wytergängi. U de hets no angeri, wi zum Bispiu das Hämpfeli Munzli, wo me i der Gsichter genau gset, die chöme nümme wyter. Aber 'düe minörli' abwarte, Entschuldigung, mir abwarte. Kommt Zeit, kommt Rat. Mängisch cha me ja no bim nächschte übere Chochtopfrand yluege.

Do wird der ganz Namittag koched, gsiblet u gfiutriert. Was gisch was hesch no es schnäus Telefo tätiged für wyter z cho. Eine vu Frouefäud isch no go Chauch reiche zum sübere. U Kaffeeschtübler mache doch scho ihri erschti Kaffeepouse. Herrlich, wi do gwärched wird. Aui wei z glyche, aber uf acht verschidene Wägä. Es uschafelig schöns zueluege.

Di Zuckersäft sy langsam immer dicker worde. U wüus scho nach und nach gägä di offizielle Pouse zue gange isch, wo me gmeinsam het Znacht gässe, sy doch scho aui am putze und ufrume gsi, dass es de nach em Nachtässe no einisch z grächtem mit emene subere Arbeitsplatz het chönne los go. Und natürlich sy d Gmüeter doch scho heftig erhitzt gsi. Do hei di Munzlis, wo grad näbä de Disch Lüt koched hei, tatsächlich immer dene i d Pfanne gluegt. Si heis ja nid besser gwüsst, eleini, u hei sich do derfo no e Chance erhofft. Aber das isch de Manne vu Disch eifach z bunt worde. Si hei sich zur wehr gsetzt. Es het luthaus Diskussione gä, dert z hingerscht a der Wang. Di zwe Tätschmeischtere sy sich sogar id Haar grate. Das hätti natürlich nid müesse sy. Mä hätti ja eifach mau chönne frage. U villich hättis de ou e aschtändigi Antwort derzue gä. Aber nei! Di Munzlis heis nid chönne la sy, immer wider i Topf z luege u öppe dummi u nid abrachti Sprüch us z teile.

Jetz hei Disch Lüt gnue gha. Si hei e spanischi Wang organisiert und hinger a Chochhert härä gsteut, so dass di Munzlis nid immer i Topf chöi luege. Das het de ou sini Würkig zeigt. Es isch sofort ruhig worde hinge im Egge.

Der Munzliklan isch de gmeinsam use gange, für di verstrickti Situation z berede. Di einte zwe hei gmeint, o we me nid wyter wüssi, chön mes doch probiere und der Aschluss nid verpasse. Es wäri sicher no Müglichkeite ume, dass mes doch no schafft, dä Zucker us dene Rüebe use z presse. Der Confiseur het de gmeint, dass we de nume e Suppe umesigi, chön är de o nid es schöns Schoustück drus mache. Das gäbi de nüt. Är chönni sich ou nid vorsteue, was er eigentlich für so nes Stück setti chönne mache. Derzue heigi är keni grosse Erfahrige. Sini Wäut sig ou der Schoggola, und nid der Zucker. Är gseis auso nid, eso.

Der Tätschmeischter het der Gring la hange. Er het nümme düre gse. D Ideeä sy nim usgange und d Fröid isch ou ewäg. De meint er, wi sich de di zwe Ghüufe sich das Vorsteue. We kene me wyter weiss. Eifach e chli Saft plodere, das isch doch nid es guets Ziu. U wes no chli öppis gä würdi wi Zucker u de der Confiseur mit zwe linge Häng dervor schteit, nüt dermit weis azfa, de het aues würklich ke Sinn. Är sigi ender der Meinig, dass sI VIer ganz ehrlich zur Jüri gö, sägä dass si jetzt zämärume, aues putze d War zrüggbringe u derna nach em Nachtässe hei gö. Es sigi gschider erhobenen Hauptes yzgseh, dass si zu dere gschteute Ufgab nid fähig sige u drum ufgä. Aus we me am Samschtig Abe daschteit mit emene Hämpfeli Zucker, wenn überhoupt, und so me nume e schlächti Faue mache.

De isch es e Zigarette Längi schtiu gsi um di vier um. Jede het für sich dä Fau agluegt, abgwoge, was jetz vorziet, und was für sich di richtigi Entscheidig isch. Derna hei di Vier demokratisch abgschtumme, was si wöue mache. Ds Resultat isch eidütig gsi: drei hei wöue ufhöre und eine hätti wyter gmacht. Druf abe sy si gmeinsam zur Jüry, um ihne z Resultat bekannt z gä.

Natürlich het Jüry nid so Fröid gha a däm Kommentar. Es sigi doch wichtiger derby z sy aus grad z gwinne. U we si würde wyterfahre, chönnte si no öppis us däm Alass lehre. Aber aues insistiere het nüt gnützt: d Munzliklike isch nach em Nachtässe hei.

Schad. Aber äbä. Wis mängisch so louft. Jede mues es säuber wüsse.

Jetz sys nume no sibe Gruppe.

I der einte Chuchi sy no d Disch und Aarbärger. I der zwöite die vu Frouefäud, der Imkerklan und Schoggi Frey. I der dritte no di zwe verblibene Schteinebrunn vur Zuckermühli und Kaffeeschtübeler.

Die wo am wytischte sy, we me so umegluegt het, sy d Gruppe vu Frouefäud und Kaffeestübeler. Die säbä hei e Lehrer unger ihrne Lüt gha. Dä säb het doch das ganze Prozedere sine Schüeler i der letschte Zyt mou bybrocht. Für si, aus Ussesyter, e mächtige Vorteu.

Schoggi Frei hei wyterhin so lamäntiert und lut usgrüeft, wi scho der ganzi Namittag düre.

Jetz isch tatsächlich Zyt cho für z Nachtässe. Es het flott usgseh i dene dreine verlassene Chuchine. Suber und ufgrumt.

I auer Gmüetsrue het me mou Platz gno. Chli abschteue und wider uftanke. Derna geits no mou wyter.

De wird ds Buffet eröffnet. E tolle Usblick uf di verschidenschte Spiise und Getränk. Mäng eine het sich mou es Bierli gschnappet, isch no mou go abhocke und het das Fläschli glärt. Drüber abe isch me de zu der Vorspiis oder em Salat cho. Nächär der Houptgang. Gmischte Brate hets gä. Derzue Härtöpfugratä, oder Nudle, oder Risotto, oder aues zämä u drüerlei Gmües.

Schynbar hets chräftig gmundet. Me het nume no z schmatze ghört im Sau. We do nid no der eint vu Frouefäud fasch gstouperet und umgheit wäri u derbj em angere vu Aarbärg i Arm ineheit isch. Drum isch er ou nid ganz umgheit. Däm vu Aarbärg isch dermit z Bier usgschüttet. Es het grad mou luti Wort gä derzue. Der Frouefäuder het sich entschuldiget. D Gmüeter hei sich wider beruhiged und der Aarbärger isch es nöis Bier go hole. Es isch wider schtiu worde um d Tische ume.

Bim nöchschte Alouf het der glich Frouefäuder es Täuer vou Brate und Risotto mit sich treit. Er het wider ume glich Tischegge, bim Aarbärger düre müesse. Villich wärs ou uf der angere Syte um gange, aber so wyt het dä säb nid dänkt. Er isch eifach der Nase no.

Grad i däm Momänt wo der Frouefäuder a Tisch härä chunt, für drum ume z go, het der eint Aarbärger der Scheiche use, dass der Frouefäuder drübery gheit und em angere Aarbärger ds Täuer mit Brate und Risotto über ds Hemmli abe uf d Hose schüttet. Dä springt uf, verwirft d Arme fluechet i aune Tön und Farbschattierige, dass eim ds Ässe grad hätt chönne vergo, oder zmingscht im Haus blibe stecke. Der Frouefäuder ligt am Bode mit em kaputte läre Täuerrand i der Hang. Di angere Aarbärger ume Tisch ume lache nume der Ranze vou. Es unanständig aluege isch es gsi. Erwachseni Manne mit söttnige Chinderschpili.

Jetz schteit der Frouefäuder uf, fluechet no chli lüter und uschafeliger u nimmt derby der Beisteuer am Chrage. Hout im eis lings und rächts ume Gring ume, brüeled ne a u gheisst ne das aues uf z puzze und ihm, em Frouefäuder es nöis Täuer vou Brate und Risotto z bringe. Är het dänkt, das chönnt me vu mene erwachsene Maa erwarte.

Aber woumäu. Es isch ganz angers cho. Der Aarbärger het gseit är heigi ja nüt gmacht, und wüssi nid wiso är ihm jetz es nöis Täuer sötti bringe. Der anger Aarbärger het scho mou ds Hemmli abzoge und das us vouer Verrückti em Frouefäuder ume Gring gschlage. Dä säb hout disem sini Fuscht id Schnure, dass dise hingerzi gägä Tisch vu de Frouefäuder gheit.

Jetz hei si der Salat. Es isch nid grad agnäm gsi zue z luege, aber derfür luschtig und ungerhautsam.

Di angere Frouefäuder und Aarbärger sy ufgstange und hei sich ou i das Getue ygmischt. D Füscht sy gfloge, öppe e Zang het nogä, no es Hemmli het müesse dra gloube und z eine oder z angere Glas u Täuer het si Wäg a Bode gfunge und isch verschlage.

Di Giele hei ufenang umetöfflet wi chlini Ching, oder amene Schutmätsch, wenn di eigeti Manschaft, ihrer Meinig na, ungrächterwys am verlüre isch. E ganzi Viertustung isch di Keilerei gange u kene het wöue noche gä und ufhöre. Do isch es Jüry Mitglid dra härä gstange und het di Zankbrüeder nach und nach usenang gno.

Gschwulni Gsichter, schieffi Frisure, verrisseni Hemmli. E Schramme hie, e Bluetige Euboge dert, schöisslech hets usgseh. D Jüri het aui gheisse disi Unordnig

40

unverzüglich ufzrume und zwar ohni es Wort derby z verlüre. Bau hat aues wider einigermasse suber und ufgrumt usgse. Di vier Frouefäuder und di vier Aarbärger sy wider a ihrne Tisch zue ghocket und hei e bösi Mine gmacht. De isch dä vu der Jüry no mou a d Tische cho und het wöue wüsse, was da genau gange isch. Aui hei ne agluegt und de afa druflos blappere. Me het kes Wort verstange, we aui mitenang gredet hei.

De rüeft dä vu der Jüry: „Rue!" und es isch nid lang gange, het er Rue bercho. De fragt er jede einzeln, nach sine Ussage. Di Meischte hei natürlich gar nid gwüsst um was das es gange isch, denno hei si mitguufe Krache. Me isch das jo sine Kollege schuldig. Bis zletscht isch es de doch no uscho, dass der eint Aarbärger em angere Frouefäuder der Scheiche für gha het, u dä säb desswäge gschtürchlet isch und z Täuer em angere Aarbärger agheit het.

D Jüry het de drüber berate, was söui passiere. De het me eischtimmig der Beisteuer vu dem wytere Alass usgschlosse. Dä het unverzüglich müesse zämäpacke und go. Aui Angere, vu beidne Tische sy verwarnt worde, dass bim chlinschte wo no passieri di ganzi Manschaft sofort heigschickt wärdi.

Die Aktion vu Aarbärger und Frouefäuder het o nid grad zu nere grossartige Stimmig im Sau bytreit. Anstatt dass me het chönne witzle und chli fiire, si aui schtiu dagsässe u hei chum gwagt öppis z sägä. Ou Zyt vum Dessär isch lisli vergange. Zletscht het me no es Kaffee bercho. Das het de wenigschtens bi de Kaffeeschtübeler d Luune wider ghobe.

Überau a de Tische isch es mit em Kaffee wider e chli lüter worde. Es isch ja bau wyter gange. Der Endspurt vum Obe isch bevor gsi. Do hei doch aui no ds wytere Vorgehe beschproche, was jetz mit ihrem dicke, dunkle Zuckersaft no söui gsche, dass es de Zucker drus git. Vu do u dört het me gueti Ratschläg yghout, übers Händy. Der Eint oder der Ander het no e Bekannti gha, wo sich scho mit so öppisem beschäftiget het. Nume grad d Munzlibande het spezifisch es angers Thema gha: ihri Heireis. Aber die isch ja ou nid so wyt gsi.

Do sy aui wider i ihri Gspräch vertieft gsi, hets uverschämt gkesslet i der Chuchi und e risige Chlapf hets do. De no mou gkesslet und gschärpelet. Nächär isch wider ruhig gsi. Aui sy ufgsprunge und gägä d Chuchi gsprunge. D Tür ufgrisse, ine guenet u gschockt blybe schta. Es Biud vum Schrecke het sich zeigt. Wi we e Schnäuzug dür d Chuchi gfare isch, so hets usgse. Derzue uschafelig verbrönnt gschtunke.

Teili vu nere Pfanne sy umegläge. Der Chochherd isch vougloufe mit Zuckersauce. Uf der Herdplatte het der Zucker sich verbrönnt. Wyt ume isch di ganzi Chuchi vou gsprützt gsi mit dunkle chläberige Fläcke.

Langsam isch jede i die Chuchi ynegstange und het es Oug vou Gwunger wöue stiue. Do u dört es unheimlichs Lächle uf de Stockzäng. Derzue e gwüssi Schadefröid, em Ziu vum gwinne chli nöcher cho z sy.

Was isch passiert? Het öpper e Anig, wärum dass hie so Pfanne umeligge und es eini verrisse het? Jä, wohär söt i das wüsse? I ha jo gar nüt gmacht! Bi wi du ou bim Znacht gsässe. Nei, i cha mir nid vorsteue was hie passiert sötti sy.

Was isch de würklich passiert?

Der Imkerklan het, i ihrem voue Elan, der Zuckersaft, zum ychoche, i ne Dampfchochtopf ineto. Guet verschlosse, dass es e chli schneuer sötti go. Hei aber nid dra dänkt, dass so ds Wasser, besser gseit der Dampf, gar nid use cha. Wüu dä Dampfchochtopf z warm bercho het u der Druck nümme het möge zrügg ha, hets klepft. Jetz hei si d Souerei.

Der Imkerklan het sich vouer Fruscht as putze gmacht. Zum Glück isch nid viu kaputt gange. Einersyts dä Dampfchochtopf u derzue no zwöi Gleser. Aber d Vorfröid uf ene guete Platz am Samstig isch verschwunde gsi. Do mues me sägä: säuber tschuld. Aue Fruscht und ufrege nütst nüt. Das hei si sich säuber ybrocket.

Näbädra het Frouefäud und ou Schoggi Frey glich chönne wyterschaffe. Do u dört e Zuckersaftfläre, wo gli besytiget isch gsi. Aber der Imkerklan het z putze gha bis am Fyrabe. Es isch ne suur ufgstosse, dass si nid wyter dänkt het. Aber jetze, so isch es nu haut mou.

Aui angere verblybende sächs Gruppe sy mit Schuss i Endspurt vum Tag gläge. Jede het sini nöischte Erkenntnis und ds Wüsse no umgsetzt, dass de am Morge die erste Zuckerkrischtau hei chönne pflückt wärde. Ou d Confiseure hei sich die grundlegende Gedanke probiere uf Papir z bringe, was si am Samschtig no aues bruche, dass es gedignigs Schoustück cha entschta. Da gits no einiges z organisiere und go z sueche i angerne Confiserie oder Bäckereie, dass si uf ihre grüen Zweig chöme, so wi si das wei. Di verschidenschte glatte Gedanke und Vorschtellige sy da dürt Chuchine gschwäbt.

Ufe Fyrabe härä am Frytig Abe isch es no mou regulrächt gschaffig härgange. Me het ja gwüsst, dass die erschti Rangverkündigung no bevorschteit. U me het no wöue ufhole, was düre Tag versumet worde isch. Es isch chum zum derby sy gsi. Aui hei to u gmacht. Wi Beji sy di Manne umegschuenet. Dass es suber wird, d Chüeuschränk gfüut wärde, der Arbeitsplatz suber da schteit und aues so guet wi müglich für e Samschtig vorbereitet isch. Nid dass me Angscht hätti, es würdi nid länge, nei, aber we me i der Ranglischte wot vorne sy, de mues aues klappe. Ou der Abschluss vum Arbeitstag.

So isch es den ou. Punkt Zäni isch Schluss gsi. Jede het das wo ner no i der Hang gha het müesse abschteue und der Schurz abzie.

Natürlich hei d Jürymitglider der ganz Namittag und Abe sich Notitze gmacht. Si hei d Suberkeit am Arbeitsplatz bewärtet. Derzue der Arbeitsvorgang und Arbeitswys. Wie und wo dass me d Chochutensilie organisiert het. Wi der Ablouf isch gsi. Wo me jetze schteit. Und natürlich Teamarbeit. Das isch es bsungers Thema gsi wo doch sehr schtarch bewärtet worde isch. Eigentlich no meh, aus d Arbeitswys u der Ablouf.

D Rangverkündigung isch ziemlich usfüerlich gsi, so dass jedi Gruppe, jedes Team, genau gwüsst het wo si schtö. Es isch jo ziemlich wichtig worde am Samschtig. Der Rang, villich besser d Pünkt wo vergä wärde, zeue am Samschtig dopplet. Wüu ds Team, der Afang und d Organisation wärde aus bsungers wichtig agluegt. Me hets jo scho gse bi de Munzlis. We das aues nid mitenang zäme funktioniert, de chame scho früezytig hei go.

Inzwüsche sy aui Teilnämer wider im Sau versammlet, und genämige sich no mou es Bier, es Kaffee – so ömu d

Kaffeestübeler – oder süsch öppis Dünns. Und jede isch gschpanned wi ne Gigeboge, wi sini Gruppe a däm wichtige Frytig aus ganzes abgschlosse het.

Der Vorstandspresidänt schteit füre und bittet um Rue.

„Wärti Kollege, wörti Teilnämer.

Üse Jubiläumsalass hei mir bis zur Heufti guet über d Rundi brocht. Mir chöi nid grad sägä, es sigi längwylig gsi, oder es heigi kener Zwüschefäu gä. Da Frytig isch doch prägt gsi vu vilerei wo uf verschideni vu üs zuecho isch.

Zersch emou das grossartige Teilnämerfäud. Es het mi, üs aui gfröit, dass dir so zaurych erschine sit und die nid grad eifachi Ufgabestellig mit Elan i Agriff gno heit.

Leider het isch scho nach Churzem, d Gruppe Rupperswil, nach dem Unfau bim Rüebe schnätzle, verla. De isch es mou heftig und guet wytergange. Nach dene Quereleie zwüsche der Gruppe Munzli und der Gruppe Disch, hei is ou d Gruppe Munzli, us eigenem Wiue verla. Schad. Si hätte wyterhin no öppis us däm Alass chönne mache.

Vor em Nachtässe hets de ou guet usgse. Suberi Chuchine und Arbeitsplätz. Vorbiudlich, das darf i nech sägä.

Di Schlegerei am Tisch bim Ässe, sowie das Beisteue vumene Aarbärger Kolleg, het gar nid i üses fridliche Biud ine passt. Drum hei mir i der Jüry der Usschluss vum Beisteuer und e Verwarnig a beidi Gruppe verfüegt. Das het ou e Punkteabzug uf beidne Site zur Foug. Aarbärg isch di doppleti Punktzau abzoge worde, wägem Usschluss.

De hei mir no de tragisch Zwüschefau i der Chuchi gha, wo nis ou d Gruppe Imker und e Dampfchochtopf wäggno het.

Der Abe isch wider ordentlich verloufe. I nime aa, dass aui chli öppis us dene verschidene Vorfäu glert hei.

So wot i jetz zur Frytig Rangverkündigung cho.

Im 6. Platz lige zur Zyt Gruppe Schoggi Frey, vu Buchs." Nume e chline Aplous vu zwe drei einzelne isch düre Sau gange. „Im 5. Platz si d Manne vur Gruppe Disch." Scho chli me Aplous. „Bim 4. Platz finge mir d Zuckermüli Steinebrunn. Der 3. Platz het no knapp glängt für d Gruppe Aarbärg. Zwöi Pünktli weniger, u si wäre uf em 4. glandet." Näb em Aplous isch doch öppe e Buhruef über ne Tisch y cho. „Uf em sensationelle 2. Platz lige üsi Ussesyter, nämlich d Kaffeestübeler. Gratuliere." Da isch der Aplous richtg chräfrig cho. Kaffeestübeler hei gjoled und gholeiet wi verruckt.

Wo sich der Aplous wider gleit het isch der Presidänt no zu sim Schluss cho: „Und im 1. Rang hei mir d Gruppe Frouefäud. Gratuliere ou dene." No mou e mässige Aplous und ou do no es paar unschöni Zwüscherüef.

„Mini Herre, mir hei der erscht Teil vu üsem jubiläums Alass hinger üs. Danke fürs Mitmache. Und i wünsche euch e gueti Nacht bis zum Morgeässe. Uf widerluege." Jetz no mou Aplous. Dermit isch der spät Abe yglütet gsi und Gspräch a de Tisch hei mit Bier, Kaffee ire Louf gno.

Bim Zmorge het öppe eine e schwäre Chopf gha, wüu ds 15. Glas Bier nüm grad so guet isch gsi. Denno het me sich gschtercht, wüu doch no e happige Tag vor eim gschtange isch, u me der Gring wider binenang het müesse ha. D Querelei vum Vortag si vergässe gsi, denn jetz isch es um d Wurscht gange. Dä wo hüt sis Beschte bringt, dä isch zmingscht ganz vorne derby. Di Pünktabzüg hei weh to. Aber me mues jetz i Tag füre luege.

So isch es haschtig i d Chuchine gange. Jede het doch wöue wüsse was us sire Zuckerrüebe worde isch. Öb ungefär es Kilo Zucker usegluegt het oder wiviu. Bis angerhaubs wäri müglech gsi.

Ja do isch es losgange. Sübere, tröchne, putze. Jede het sis Beschte uf e Tisch gä, dass dä Zucker schön rohbrun und i raue Mängine u suber zum wyterverarbeite da isch.

Öppe eine het gfluechet, wüu d Farb nid isch gsi, oder d Mängi nume so chli, wi zum Bischpiu bi de Schoggilüt. Die hei sich ja dermasse ufgregt, u der ganz Frytig düre lamäntiert, dass es eim nid erstunt, nume sövu weni Zucker vor sich z gse. U de no die Farb. Dunkubrun, wie d Melasse. De het sich ihre Confiseur dra gmacht no chli es gschids Schoustück, villich besser Schoustückli, härä z bringe. Är het das dunkle Züg weich gmacht. De het är drus e Kakobohne Frucht gformt. Si isch zwar sehr chli worde, aber d Farb het grad gschtumme.

Drüber abe sy si au Vier zämä id Stadt no es paar wyteri Zuetate go sueche. Es het chli Marzipan und verschideni Farbe gä, dass si a di Frucht härä no hei chönne e Boum mache. Bis zletscht het do das ganz amächelig usgse. Obwou ds Ziu mit der Zuckermängi und desse Farb nid erreicht worde isch.

D Aarbärger hei es aschtändig grosses Hüfeli Zucker us dene 10 Kg. Zuckerrüebe chönne extrahiere. Es sy ganzi 990g gsi. Scho das, es hervorragends Resultat. De hei di vier no es Ass im Ermu gha. Di letschti Arbeit, das

Schoustück, hei si ihre Confiseur la mache. Di angere drei si nume näbädra gstange u hei, wes nötig isch gsi e Handreichig to. Ihre Confiseur isch der Progin vu Biel. Eine vu de Beschte wyt und breit.

Us däm häubrune Zucker het er vorgha es Blüemli z gschtaute. Nach und nach isch es de meh worde. Är het scho wyter dänkt und sini Grätschaft fürs Zuckerzie grad säuber mitgno. Är het sich gseit, wenn is derby ha, und igs cha bruche isch guet. süsch häts ou nid gschtört im Outo.

Är het dä Zucker gwermt, Farbe yknättet und a däm warme Zucker umezoge, blased, drückt und dräit. Es isch e Fröid gsi, e sonere Meischterhang zue z luege. Es het de no es Blüemli gä, u no eis, u no eis. Villi Farbe hei da scho umeglüchtet. De isch no e Räschte Zucker übrig gsi. Us däm het er e schön verzierti Vase zoge und blaset. Derna die Blüemli drigschtuet. Mit letschte Handgriffe aus no schön häräbüschelet. Da u dert no e letschte Farbtupfer abracht u so em ganze Schoustück dr letschti Schliff gä.

Si hei zämä das Schoustück i Sau inetreit, dört härä wos zletscht usgschtuet wird und ou prämiert.

Druf abe sy si wider id Chuchi, für ihre Arbeitsplatz zum putze i Agriff go z nä.

D Gruppe vu der Zuckermühli us Steinebrunn si ou nid grad so zfride gsi mit ihrem Resultat. Für si enttüschendi 720g Zucker hei si häräbrocht. Scho nid grad söfu wi si sich erwartet hei. Da isch natürlich d Stimmig chli abegsackt. Hei aber trotzdäm guet wyter gmacht. D Idee wo der Confiseur gha het isch nid so Glorriich. Er versuecht us däm Zucker ei grosse Zuckerstock z mache. Ringsume vier chlini. Der Gross het d Gruppe dargsteut u di Chline jede einzel Teilnämer. Aber da hets plötzlich es Problem gä. Der gross Zuckerstock isch eifach vu nang gheit. U er hets fasch nid fertig brocht, dass dä so ma schto, wi di Chline ou. De Zletscht hets doch no mit Ach und Krach möge häbä.

Ou si hei das Stück i Sau use gschteut und sy as putze und ufrume gange.

Kaffeestübeler hei chli meh Zucker häräbracht. Es sy 780g. Häppy hei si usegluegt. Das het se beflüglet für die nächschti grossi Ufgab. Ihre Confiseur het sich öppis bsungers la yfaue. Natürlich sötti das öppis mit der Kaffeestube ztüe ha, wohär si ou chöme. Är het sich es ganzes Kaffee Trinkset bsorget. Da isch es Tassli drunger gsi, es Täuerli, es Zuckerdösli und es Löffeli. Dir chöit nech sicher vorsteue, was das het gä. Vu dene Utensilie het er mit em Zucker e Abguss, oder Abdruck gmacht. As Tassli no Hänku baschtlet, scho hät der Kaffee drinne platz gha. Er het sine Lüt gseit, dass uf kei Fau darf Kaffee dricho, vor der prämierig. D Füechtigkeit würdi süsch der Zuckerguss wider uflöse. Das cha nach em grosse Momänt sy, aber nid vorhär.

Derzue isch de z Täuerli cho. Ds Löffeli het genau glich usgse, wi nes richtigs Löffeli. Nume chli brüner und us Zucker. Ou ds Zuckerdösli het er härzig häräbrocht. Er hets de no mit Farbe verziert. Das het ihm no der letscht Schliff gä. Krönig drufhärä isch gsi, dass si no vu ihrem gmachte Zucker hei chönne is Dösli läre. Das isch doch ds Tüpfli uf em i gsi.

Vouer Schtouz hei si zletscht ihre Chuchiabteil uf Vorderma brocht.

D Manne vu Disch hätte ou meh Zucker erwartet, wo si chönnte der Rüebe entlocke. Es het grad 730g gä.

Denno hei si sech müe gä. Wüu ire Confiseur genau das het wöue mache, wo aui jo scho chöi. Är het no di spezielle Zuetate us der Bude lo cho. Natürlich bruchts ou Schablone und Forme derfür. E Kolleg isch no do härä gfare u het ihm das Züg bracht. Si hei mittenang agfange Gummitäfeli z mache. Öppis herrlichs. Das Schoustück, wo söu entsta, wird e Piramide vou farbige Gummitäfeli. Zersch het är d Piramide gmacht us reinem Zucker. Wärend di Angere sich ad Täfeli häre gmacht hei. U das isch e plottere florigi Strüppete gsi, bis die Täfeli aui ihri Farb gha hei und nümme dervo gloffe sy. Wo die Täfeli würklich Gummi-Täfeli gsi sy, hei si eis ums angere sorgfäutig der Piramide no ufboued. Si hei se natürlich mit Caramelzucker akläbt, dass si nid wider abegheit sy. Mit dene verschidene Farbe hei si no e bsungere Tatsch ynebrocht. I de vier Site vu dere Piramide isch je e Buechstabe z läse gsi. Vu jedem Teilnämer der Erscht. Aues würklich amächelig dargsteut. Zoberscht, aus krönende Abschluss, e chlini Chrone. Natürlich ou us Zucker.

Die farbigi Gummitäfeli Pyramide het sich im Sau ganz ordentlich gmacht, zwüsche de angere Schoustück.

Bau drufabe isch ou ihre Chochherd u der ganz Chromstau ringsetum suber gsi.

D Manne vu Frouefäud hei obe us gschwunge mit em Zuckerretrag. Eis ganzes Kilo und 130g hets gä. Si hei natürlich gjublet da drab. U sy sich em Gwinn scho sicher gsi. Im eigete Hus z gwinne, das wär natürlich e Hit. Ersch no wüus der Jubiläums Alass isch gsi. Aber es isch no nid ganz eso wyt. Zersch mues no ds Schoustück härä. Ire Confiseur isch guet druf vorbereitet adrätte. Ou är wot mit Zucker zie und blase es speziells Stück

50

häräbringe. So isch er ynegläge. Das was är vor het, isch nid es Blüemli, sondern z Thurgouer Wappe speziell gstaute. Do macht är zersch zwe Löie, wo de näbänang stö. Derzue e Paume mit häugrüene Bletter. Das Ganze ygramet mit emene schwarze und guldige Ring. Aues das steut är uf ne brune Zuckerbode. Uf dä zeichnet är chli Gras. Bis zum Schluss het das so dermasse ächt usgse, dass me het chönne meine, me sigi imene Park. Eifach sensationell. Das darf me nidlos zuegä.

Bim ynetrage i Sau het er hoffentlich nid as Stoupere dänkt vum Vorabe. Är isch jo zwöi Mou gstouperet. Doch heists, aller guten Dinge sind Drei. U so isch es de ou usecho. Churz vor em Tisch mit de angere Schoustück schtoupered är über sini eigete Füess. Er cha sich grad no vor em umgheie rette. Aber e Teil vum Schoustück isch in Brüch gange. Der Bode mit em Gras isch gfiertlet gsi, d Paume ghaubiert und eim Löi isch der Schwanz ab gsi. – Was jetz?

Gmeinsam träge si aues zrügg id Chuchi. Natürlich hets ke Zucker me ume gha für das Ganze z flicke. So brobiert der Confiseur, so guet wis geit, aues wider in Stand z setze. Es isch ihm eigentlich ou guet glunge. Trotzdäm het me die Bruchspure no gse.

Mit trurige Gsichter gö si a ihri letschti abschliessendi Putzarbeit.

Gli druf abe, Punkt Vieri, isch me mit auem fertig gsi, umzoge und wider amene Bierli oder Kaffee im Sau versammlet, für d Sigerehrig.

Nach es paar lobende Wort vum Präsident, hei aui gmeinsam di sächs Schoustück beguetachtet.

Eine seit da id Rundi: „Da stimmt öppis nid. Wo ig

vorhär üses Stück hie ha härä to, isch dä Zuckerstock am zämägheie gsi. Und jetz steit er früsch da wi us em Päckli. Das cha doch nid sy!"

Aui ringsume luegene aa. Es isch zwar süsch niemertem ufgfaue hie ufem Tisch. Höchstens het me gse, dass scho bim mache vum grosse Stock einigi Problem ufträtte sy. Der Präsident fragt d Gruppe Steinebrunn: "Heit dir öppis derzue z sägä?" Ke Antwort. De nimmt er dä Stock id Finger. Wäri das z Originau gsi, wod Gruppe i der Chuchi gfertiget het, wär das Ding usenang brösmelet. Aber das hie het, het i sire Hang gha, wi us em Druckli.

No mou: "Heit dir öppis derzue z sägä?" nach langem Zögere het der Tätschmeischter vu der Gruppe zue gä, dass är säuber dä Zuckerstock usgwächslet het. Der Anger heig jo nid gha. Är het eifach ghoffet, dass es niemer merkt.

Derna sy aui wider am Platz gsässe und d Rangverkündigung isch los gange. Der Presidänt het z Wort wider ufgna: „Nach däm bschiise vu der Gruppe Steinebrunn, mues i die leider disqualifiziere. Si gheie usser Rang und Pünkt. Wüu so hingerlischtig isch süsch niemer gsy bim Schaffe." E chlini Pouse trennt ne vu de Räng.

„Jetz chume ni ändgültig zu der Rangverkündigung. Auso. Im 5. Rang mit der chlinschte Zuckerusbüti, aber dennoch emene elegante Schoustück wo leider viu z viu nid us Zucker isch. Mir hei d Gruppe Schoggi Frey us Buchs." Scho e aschtändige Aplous begleite die Wort. „Im 4. Rang, di ganz internationali Gruppe mit der spanische Wang, der ägyptische Pyramide und de schwizer Gummitäfeli. Mir hei d Gruppe Disch." Ou do eifache Aplous. „Im 3. Rang, und das het mi bsungers beidruckt, wüu nume eis Mitglid brueflich irgend öppis mit Läbesmittu z tüe het. Üsi Ussesitter, d Gruppe Kaffeestübeler." So chräftige Aplous wird warschinlich nid emou der Erschtklassiert bercho. „Im 2. Rang mit der gröschte Zuckerusbüti und emene sagehafte Schoustück, wo leider i Brüch gange isch. Me cha das no gse u drum berchöme si nid di voui Punktzau. D Gruppe Zuckerfabrigg Frouefäud." Chli verhautene Aplous. Si säuber si dermit nid zfride gsi. „Und last but not least. Im 1. Rang üsi Fründe vu Aarbärg. Da gset me, dass me mit eim Maa weniger, guetem Gschick und Wiue und e chli Glück, doch no cha obe us schwinge." Ou si berchöme nume e mittuprächtige Aplous.

„Ja, mini liebe Teilnämer und Kollege. Es isch e wunderbare und erbouende Jubiläums Alass gsi. I danke für eui Leischtige und der Ysatz. U denno hoffeni, dass mir aui glert hei, wis z nächste Mou nit sötti sy.

Danke viu mou, gueti Heireis und machets guet. Danke."

Herr Hoffart in Bern

Uf em Bundesplatz z Bärn, unger de vile Händler auer Art, isch e rotbärtige Frömde gsi, wo sich bemerkbar gmacht het. Uffäuig her är gschroue: „Zueche, zueche, di liebe Lüt! Wär chouft nöji, blanki Füffrankestück? Nume zwe Franke fürs Stück!" derby schüttlet är sis Seckli und die Gäutstück drinne erklinnge gar lieblich.

Bau dränge sich viu Lüt um ihn ume und begähre sini War ds gseh. Är zeigt ihne blanki Füffrankestück, het aber keni Käufer gfunge.

Bau isch e Polizischt uf dä rotbärtig Frömdi ufmerksam worde und het ne ufs Polizeirevier bracht.

Im Büro, nachdäm me e Rapport gschribe het, fragt der Kommissar de Verhaftet: „Auso, dir verchoufet Füffrankestück für zwe Franke?" „Ja, Herr Kommissar!"

„Das isch ja es seltsams Gschäft!"

„Es isch z Bärn nid verbote, söttigi Gschäft z mache."

„Jedefaus isch üsi Behörde verpflichtet, ihres Trybe genauer zu erforsche. Zeiget öji War!"

Der Frömd git breitwiuig sis Gäutseckli. Es enthautet füftzg nöji, blanki Füffrankestück.

„Wie mäge heit dir verchöuft?" „No ke einzige!"

„Wüus gloube. Me het sicherlich vermuetet, dass di Gäutstück fautsch sy."

E Sachverständige, wo grüeft worde isch, ungersuecht di füfzg blanke Gäutstück. Und es isch nüt dranne uszetze. Unzwyfelhaft sy die Gäutstück ächt.

Der Kommissar: „Nämed öjies Seckli samt Inhaut. Dir sit natürlich frei und chöit go. Nume ei Frag hani no, werum betrybet dir es söttigs Gschäft?"

„Wüu mir das Vergnüege macht," verzeut der Herr

Hoffart. „Und überdies handlet es sich um e Wette. Ig sötti ei Schtung lang Füffrankestück abiete. Aber leider isch die Wette nid ganz zum ustrage cho, wäge em ygriffe vu der Polizei."

„Ig bedure das, aber dir müesst verschto, dass bi söttige Umschtänd d Polizei Verdacht schöpft."

„Scho guet. Wahrschynlich wirde ig i de nächschte Tage dä Versuech no mou widerhole müesse. Adieu Herr Kommissar!" „Adieu, Herr Hoffart."

D Bärner Zytige hei ganz pikannti Brichte bracht über dä Vorfau: E edelmüetige, riiche Frömde het füf für zwe Franke wöue gä. Är sigi de vu der voreilige Polizei i sire mönschefründliche Tätigkeit gschtört worde. Sini blanke Füffrankestück sige nid fautsch, sondern ächt. Das heigi d Ungersuechig ergä.

Do hei aui die, wo damaus uf em Bundesplatz gsi sy dänkt: „Eh lueg ou do. hätte mir das gwüsst, wäri das e wahri Wonne gsi, däm verruckte Frömde sini Füffrankestück abzchoufe."

Vier Tag schpäter isch der Herr Hoffart, wider am gliche Platz gschtange und het grüeft: „Zueche, zueche, di liebe Lüt! Wär chouft nöji, blanki Füffrankestück? Nume zwe Franke fürs Stück!"

Är treit e grosse schwäre Gäutsack ir Hang. Hinger ihm e Diener mit emene ähnliche Sack.

Bau dränge sich viu Lüt um dä Frömd und sin Begleiter. Es wird gflüschteret: „Lueg der verruckt Frömd isch wider da!"

Und me rüeft: „Zwöi Stück... vier Stück... eis Schtück... füf Stück... so viu wi müglich..." Und derigi Ruefe klinge übere Bundesplatz ine. Derzue lüpfigs Glächter und Bärner Witze.

Mit erschtunlicher Gschwindigkeit verchouft der Herr Hoffart siner blanke Gäutstück. Bau isch der erscht Sack glärt und es isch der zwöit ad Reie cho.

Der Polizischt, wo ihn vor es paar Tage arretiert het, isch ou wider uf sim Poschte gschtange. Es isch ihm der Gedanke cho: „Ig wot ou dervo chönne profitiere."

Är het sich de zuechedrängt und rüeft: „Herr Hoffart. Ou für mi füf Stück!"

„Ah, dir sits! Mit wahrem Vergnüege erfüue ig öich der Wunsch. Hie öier füf Stück!"

„Beschte Dank." „Ke Ursach min Herr."

I sehr churzer Zyt het der sonderbar Herr Hoffart aui sini blanke Füffrankestück a Maa bracht. De rüeft är id Mängi: „Für Hüt isch der Schpass verby. Villicht chume ig Morn wider!"

„Herr Hoffart söu höch läbä!" rüefe di Umschtehende. Majestätisch sy Herr Hoffart und sin Diener vum Platz wäggloufe. Me het se de ou nie meh gseh.

Ei Schtung schpäter sy di ganze Lüt i gwautigi Ufregig grate. Di meischte hei mit ihrne nöjie Füffrankestück wöue go ychoufe oder hei se wöue umtuusche. Derby hei si de gmerkt, dass es nume sehr guet gmachti Fäutschige sy.

Jetz isch natürlich gschroue worde: „Dä Verwünscheni, dä Schuft. Är isch höchscht grisse gsi!"

Di Sach isch die gsi: Di ächte Gäudstück het niemer wöue choufe. Wüu me gmeint het, dass die chönnte fausch sy. Und di fautsche Gäudstück het me so begirig gkouft, wüu me nach däm wo scho vorgange isch, dänkt het, die sige ächt. Das isch e schlaue und raffinierte Gounerschtreich vum Herr Hoffart gsi.

Die Statue

Im letschte Jahr hei d Gmeinsbürger ar Urne beschlosse, dass z Dach, vum neu entstandene Parkhus gegrüent söu wärde. Usgleit wird dä neu Platz aus Gmeinspark. Mit chline runde Böimli, u mit emene Pflaschterstei ygleite Wäg z ringetum. Mit zwe Springbrünne, lings und rächts.Und aus Prunkstück, wo der Mittupunkt vum nöie Gmeinspark söui schmücke, gits e Statue.

Bi der fougende Gmeinsversammlig isch der Beschluss gfassed worde, dass die Statue i der Form vu der Helvetia gschtautet wird. Si söu es Symbou vu Eintracht u Zämähaut sy für aui und jedes. Si söu ou zur Zämäarbeit animiere, u zeige, dass me sich gägäsitig schetzt und achtet.

Der Uftrag, die Helvetia-Statue i Stei z meissle und z gschtaute, isch eistimmig am hie asässige Künschtler Ferdinend Steihouer vergä worde. We scho e Statue für Zämäarbeit, so de grad richtig. Mit grosser Freud het Steihouer die Arbeit agno. Es sig ihm e Ehr, für sis Dorf e so ne Statue z meissle und z gschtaute, es blybends Wärch z vouände.

Vouer Fröid u mit risigem Elan, isch der Künschtler as Wärch. Wuche für Wuche isch es bizzeli me z erkenne gsi, was die graziösi Statue für Forme animmt.

Wüchentlech wird im Lokaublatt dervo brichtet. Die Fortschritte, wo d Helvetia macht, u weli Gschtaut si de berchunt.

I dene Tage brichtet ds Blatt, dass di Detailarbeite nume no ei Monet wärde dure.

I de verschidene Läserbrief wo abdruckt wärde, cha me

die grossi Teilnahm vu de Bürgerinne u Bürger läse. Es git aber ou angeri, negativi Kommentar derzue. So zum Bischpiu, dass disä Schund sowiso nüt nützi. Das me z Gäut ou für angers chönnti bruche, u der Platz derzue grad ou. Aber konkreti Ideee wärde keini formuliert.

Wahrschindlich het Herr Steihouer die nachstehendi Situation au nid wöue. Aber Item. Si isch de o nid fougelos blibe. Sis Outo het die Kurve, wo ner druf zue gfahre isch, fautsch igschetzt. Het em nöchschte Outo no zueblinket, u isch de grad us wyter gfahre. Dass derby Herr Steihouer sis Bei u di rächti Hang broche het, u jetz vorlöifig di Statue nid cha fertig mache, het ds Outo überhoupt nümme interessiert. Wüu, es isch scho schrottryf gsi. Doch d GmeinsbürgerInne sy beschtürzt gsi drüber. Si mache sich Gedanke, wi das jetzt söui wyter ga. D Gägner vu der Statue hei i däm Unglück es guets Omen gse, u sy zfride gsy, dass es jetzt ke Statue me git.

Aber wi der Autag so spiut. Der Gmeinrat het sich dieser verschtrickte Situation i ihrer nächschte Sitzig mit vouem Ärnscht agno. U de hei di heisse Diskussione um di verspäteti Statue, doch no e Lösig bracht: Es wird e Frou ygschteut, aus Helvetia ykleidet, dass si uf emene entschprächende Sässu platz nimmt. Dass si di Statue, wo de verspätet wird cho, vorübergehend mou cha ersetzte. Die provisorischi Helvetia sou d BürgerInne ou dra gwöhne, wi de die Statue uf em neu agleite Gmeinspark für es Biud abgä wird.

Eso sy vorlöifig aui Woge glettet gsi u der summerlich Autag het chönne wyterloufe.

Di Steu aus provisorischi Helvetia isch scho am erschte

Tag nach em Usschrybe vu nere hübsche junge Dame bsetzt worde. Si isch vum RAV gschickt worde.

Si het nid lang brucht, bis si a dä Sässu gwönt isch gsi. Ou ihri Arbeitsumgäbig het ere guet zue gseit. Eso i reins Wiss ykleidet, mit ere Lanze, emene Schiud und emene grosse Buech. Das het viu Zueschouer und Fuessgänger beydruckt. Disi nöji Errungeschaft hei d Mitbürgerinne u Mitbürger mit Argusouge beguetachtet. Oft het me se belächlet, oft het me se gschetzt.

Die erschte Tage si für di jungi, provisorischi Helvetia-Dame sehr schwirig gsi. Der lieb läng Tag sitze, i der glichblibende Stellig. Die Wermi. Di heissi Sunne, wo über se abebrönnt. U di vile dumme u nid agebrachte Sprüch, wo si kommentarlos het müesse über sich lo ergo.

Doch nach und nach isch de aues i Autag übergange.

Bau hei sich Läserinne u Läser im Lokaublatt zu Wort gmäudet. Di einte wünsche sich di ächti steinerni Helvetia wäri scho do. Das sigi doch Mönsche unwürdig und Froue verachtend, so tagelang müesse schtiu sitze. Der rächte Helvetia müesst me ou ds Ässe nid a Platz bringe.

Angeri Stimme wünsche sich, dass die natürlichi Helvetia us Fleisch u Bluet für immer sötti da hocke. Die steui der mönschlich Zämähaut i der Gmeinschaft meh pärsönlich und nöcher dar. Si rüefe uf, zu nere Demonstration für ds Natürliche. Am Mittwuch Abe, auso ei Wuche vor em 1. Ouguscht. Do sigi aui ufgruefe, wo wyterhin e natürlichi und lebändigi Helvetia uf em Gmeinspark wöui ha, disem Alige dür die Demo Usdruck z verleihe.

A däm Ufruef fougend, si einigi Dutzend Mönsche um

die sitzendi jungi Dame ume gschtange. Nach und nach hei sich zwöi verschideni Lager uskristalisiert. Di einte, wo für e natürlichi, lebändigi Helvetia demonschtriert hei, dräie iri Rundine links um di provisorischi Dame ume. Di angere, si demonschtriere für di rächti Statue us Stei, die si rächts ume gloufe.

Beidi Gruppe hei Spruchbänder und Plakat mit sich treit. Was druf gschtange isch het uf di einte, wi ou uf di angere Wünsch higwise. So z.B. „Stein bleibt ewig", „Natur ist unser Weg", „Stein trauert nicht" oder „Fleisch und Blut, das macht Mut". U de no villi angeri meh. D Sprächchör derzue, teile ds gschribne lut und nachdrücklich mit.

Natürlich het die Demonstration villi Zueschouer azoge. Die sy ou nid unbedingt nume parteilos dagstande. Offeni Diskussione rund um die Demo, für di einzelne Alige aber ou dergägä, hei wyteri Kreise um sich zoge. Nid z verachte isch der Ateu a Saft u Bier, wo bi dere abentliche, laue Schtung teilwys scho beträchtlechi Mass agno het.

E gwüssi Zyt lang isch die Demo ruhig und gordnet verloufe. Woby es rundum immer luter worde isch. Zueschouer hei sech i immer hitzigeri Wortgfächt verlore. Das solang, bis sich eine nümme me im Zun het chönne haute, u e läri Fläsche i Demozug het gschosse. Die Fläsche het öpper so unglücklich am Chini troffe, das dä grad zämäbroche z Bode isch. Wärend em gheie schlat er sis Plakat emene Angere übere Chopf abe. U däsäb het si voui Fruscht emene Wytere mit der Fuscht grad id Zäng abgla.

Jetz hei si der Salat. Was mit ere fridliche Demonschtration zu fründliche, erbouende Wort hätti söue füere, vermischt sich jetz mit Bluet, Bier und Saft Sauce. Chaos pur, a däm säbe fridliche, laue Mittwuch Abe.

Da het sich aues entlade, der Fruscht, Wuet, Unzfrideheit. U das gägäe Mönsche, wo gar nüt derzue bitreit hei. Da si di undänkbarschte Wörter u Flüech i Himmu ueche gwachse. Da entfautetet sich Chraft, wo süsch Feigheit het gherrscht. Unliebsami Fehde wärde hie heftig ustreit. Fründlichi Nachbere wärde zu Beschtie bis...

U das aues uf em nöie fridliche Gmeinspark, rund um die provisorischi Helvetia ume.

Die säbi wehrt sich mit ihrem Schiud u verteidigt ihre Platz. Doch bis... ja, bis eine ihre d Lanze us der Hang riist, und die ihre um d Hüfte schlat. E angeri Frou, wo insgeheim ou het wöue aus Helvetia höckle, sich de aber nie gmäudet het, drösched mit ihrem Plakat uf se y, bis di Helvetia Bluetüberschtrömt, mit Bier begosse uf ihre Sässu abe sinkt. U de het si nume no das Plakat wo se malträtiert het mit der Ufschrift „Fleisch und Blut das macht Mut" i ihrer Schoss i de Häng.

Wi vum Blitz troffe schtö d Lüt da. Ihri Helvetia, öb us Stei oder nid, ihri Helvetia Bluetüberströmt, gschunde, verschandelet. So se azluege isch si warhaftig ohni Symbolchraft. U dennno truret jede u jedi um ihres verlorene, wehrlos u sinnlos uf z Spiu gsetzte Symbol. Dises Spiu und diese Kampf hei si aui verlore. Öb für Stei, öb für Natur, oder nume aus Zueschouer, si hei aui verlore.

Am angere Morge chunt das i der Sonderusgab vum Lokaublatt bsungers schtarch zum Usdruck. Dört drinne mäudet sich der Gmeinspresidänt zu Wort, für d

GmeinsbürgerInne z rüffle. Är forderet aui uf, am angere Tag, auso am Frytig, pünktlich am Abe am haubi Achti uf em Gmeinspark z erschyne. Är wöui e Red zur Lag vu der Gmein haute. Das Erschyne am Frytig Abe sig nit nume e Wunsch, sondern e klare Befäu.

Mit zünftig schlächter Lune wärde die Zile zur Kenntnis gno. Säub Tag hets no a mänger Ladetheke u de ou am Stammtisch luthaus schtarchi Diskussione gä, wo aber d Stimmig glich nid hei chönne beflügle.

Trotz auem füut sich der Gmeinspark am Frytig Abe nach und nach. Murrend, misstrouisch u mit viu Abwehr warte Froue u Manne uf d Red vum Gmeinspresidänt. Ou bi de Awäsende isch der Künschtler, der Herr Steihouer. Aber der Sässu vu der Helvetia isch lär u verlasse.

Punkt haubi Achti schtigt der Gmeinspresi uf de läri Sässu vu der Helvetia. Ds Murre um ihn ume versummt gli, so bis absoluti Rue herrscht.

„Bürgerinne, Bürger. Jetz schtöt dir ruhig u adächtig zämä u wartet missmuetig uf mini Wort." Er macht e chlini Pouse u luegt i di versammleti Gmeind. „Ja, dir aui, mini Fründe. Wo si EUI grosse Wort vum Zämähaute blibe. Wie hei eui Geste vum Respäkt eifach chönne usblibe? U de di grosse Tate für d Gmeinschaft? Aues vergässe? Heit dir aues im Bier und Saft ertränkt? Wenn fat d Gmein a blüje, mit eune Wort? Wenn fliesst der Honig, wo dir so höch globt und versproche heit? Isch aue Elan abgsoffe im eigete Mitleid? Isch di eigeti Unzfriedeheit grösser aus der Wiue für Mee? Fouget dir jetz euer Hemmigslosigkeit, anstatt eune Tröim? Isch Stei wichtiger aus Läbä? Oder isch es Symbol us Stei mee, für das Läbä? Trachtet nid nach ungrimte

Klinigkeite, sondern schärfe ds Oug für das grossi Ganzi. Denn, we dir nech wägä Klinigkeite d Gringe verschlöt, so chömet dir nie zum grosse Ganze."

Jetz schtigt der Gmeinspresidänt abem Sässu u geit dür d Reie vu de Bürger. Er luegt jedem einzelne gradewäg is Gsicht, geit de wyter und chert uf e Sässu zrüg.

Sini nächschte Wort schlö y, wi es tobends Gwitter mitz im Winter:

„Mini Fründe. Jedem han ig id Ouge gluegt. Jede het mi gmuschteret mit dm Gedanke: was wot dä jetz!

I wot, dass dir jede Tag i Schpiegu lueged u nech es fründlichs Wort sägät. I wot, dass dir de Nachbar nätt grüessed. I wott, dass dir wider dänked und läbed, u nid im Unheil versinked.

So mached öich jetz mit dene Wort uf e Wäg: -Mit dem Hute in der Hand, kommst du durch das ganze Land.-

I wünsche aune e nätte Obe."

Das hätte de die Bürgerinne u Bürger nid erwartet. Viu me hei si dänkt, si wärdi de richtiggehend zrächt gwise. Item. Ohni Zwyfu, es Gmeins Oberhoupt, mit Chraft und der Sicht fürs Wäsentliche.

I de verblybende Tage bis zur grosse Fiir, setzt sich di jungi Dame aus provisorischi Helvetia wider uf ihre Sässu, mit Schiud, Lanze und em grosse Buech.

Über dises Wuchenänd si fäsch aui Gmeinsbürgerinne und Gmeinsbürger bi ihre verby cho. Si hei sich aui für dä Schtrit am Mittwuch Abe entschuldiged. Flotti Wort si gwächsled worde. We me zue glost het, het me ke Ungerschid me gmerkt, öb si Befürworter, oder Gägner sy.

Ou a der 1. Ouguscht Fiir, hei die Wort vum Gmeiens-
presi ihri Wirkig zeigt. So usglasse, fridlich und fründ-
lich, isch i dere Gmeind no nie gfiired worde.

U de, so hoffe mir, dass diese guet Afang wyterhin sini
Frücht wird trage.

Flucht vur Statue

Di erschte Tage nach em erschte Ouguscht, verloufe ruhig für d Statue. Di provisorischi Helvetia het natürlich ou e Name: Irina Bergmann. Me weiss eigentlich nüt vu ihre. Si höcklet da, verbreitet Zämähaut und Fröid, doch pärsönlichi und intensivi Gschpräch chöme säute z stand. Irina isch nid e Frou vu de grosse Wort, ender das stille Heimchen am Herd. Denno het si ihri Qualitäte. Me kennt se nume nid so guet.

Der vermehrti Bsuech vu Florian Moser bi ihre, isch scho zum Dorfgschpräch hinger vorghautener Hang worde. Florian Moser isch dä Maa, wo d Fläsche i Demonschtrazionszug gworfe het. So dass di Demo zumene Krawall mit grober Schlegerei usgartet isch. Sini öffentlichi Entschuldigung im Lokalblatt, het me mit Zfrideheit ufgno und anerkennt. So het me wenigschtens e Schuldige, wo me aues id Schue cha schiebe.

Die Bsüech vum Florian gäute nid em schön blühende Gmeinspark, nei, nur der provisorische Helvetia, Irina Bergmann. Villi Gschpräch hei si gha, über Gott und d Wäut. So sy si enang nöcher cho. Moser isch der einzig Maa im Dorf, wos fertig het bracht, d Irina i Usgang z füere. Di angere Manne si druf nidisch gsi, das cha me begryfe. So nes harmonisches Paar, we si dür di abendliche Strasse flaniere u da und dert ychere.

„Irina, säg, wi wärs hüt Abe mou zu dir z ga. Mir mache es Glesli Wy uf u ploudere echlei. Es git Rägä, hüt Abe, so mani nid dür d Strasse flaniere, d Sunne und d Wermi sy mir viu lieber, aus der nass Rägä." Florian hoffet, mit sire gschikte Usfüerig, Irina zum ylänke z bewege.

„Aber Florian, nume es Glesli und ploudere. Darfsch di über mini Wohnig nid luschtig mache. Si isch chli und aut und ganz eifach. I bi eleini u bruche nid meh. Übrigens, werum gö mir nid zu dir? Du wohnsch doch so schön. Oder wartet dini Frou oder Fründin öppe deheim uf di? Ehrlich, isch es eso? D Lüt verzeue viu, we si da verby chöme, das chasch mir gloube. Da han i scho einiges über di ghört, was mir z dänke ga het. Aber lö mir das, säg mir lieber, werum mir nid zu dir chöi ga. Bis aber ehrlich!"

„Beruhig di doch, Irina, es isch nid so wi de dänksch. I ha ke Frou und ou ke Fründin."

„Ke Fründin, Florian? Nid emou mi hesch es bizeli gärn?"

„Doch natürlich han i di gärn. Süsch würd i di doch nid so mängisch cho bsueche. Aber, aber, Irina. Wo dänksch de ou hi. Es isch würklich nid so wi de dänksch. Gö mir jetz zu dir, hüt Abe oder nid? I dänke, es isch e gueti Glägäheit, üsi Fründschaft z sterche. Was masch für Wy? Rosé, oder Rote? I cha aues bsorge. Auso was möchtisch. Säg scho, Irina, das cha doch nid so schwirig sy."

„Doch, Florian, das isch schwirig für mi. Ig weiss ja immer no nid, werum du mi nid i dini Wohnig yladisch. Da isch di Fründschaft sterche nid eso eifach für mi. Es isch meh, wo uf em Schpiu steit. Das isch nid nume e Flirt und e Nacht im Bett. So öppis wot i nümme. Das cha i dir sägä. Das wot i würklich nümme."

„Auso, de losches haut sy. I wot ou nid nume e Flirt und e Nacht im Bett. I möchte ou meh aus das, Irina. Was ziesch jetz vor, Rote oder Wisse? I söt ne no bsorge

66

bevor der Lade zue tuet."

„Auso, bring Rote mit. Aber i warne di, Florian. Ou wenn i scho zwe Monet hie sitze, aus provisorischi Helvetia, heisst das no lang nid, dass i es Flittli bi, wo mit jedem is Bett geit, wenn's dunku wird und d Arbetszyt ume. So nid Florian. I ha di de gwarnt."

„I gloube dir ja, und i mag di ou. Aber i wot jetz der Wy go bsorge. U wes dunku wird, chume i di cho abhole, isch das guet eso? Tschüss Irina, bis später."

So geit Florian der Wy ga bsorge, und d Irina schtudiert de gfauene Sätz noche. Öb Florian süsch würklich ke Frou het? Si weiss es nid. Aber si wot das no usefinge. Denn er het ihre immer no nid gseit, werum är si nid i si Wohnig yladet. Und genau das macht ihre no Sorge.

Denno. Es isch e ganz heisse Abe. Der Rotwy heizt richtig y. U si lande de trotz auem no i Irinas Bett. Ou wenn si unbedingt nid het wöue. Si het ihm eifach nid chönne widersta.

Ja, so verlouft die Fründaschaft mit viune Fragezeiche, wo nie ganz usgrumt worde sy. Irina füüt sich nid so wou derby. Und Florian? Das wüsse mir nid eso gnau. Är wot sich nid richtig drüber usspräche. So dass villi Frage ändgüutig wäre beantwortet worde. Doch di Beide lö glich nid vunenang. - Bis...

Herr Steihouer erhout sich rächt guet vu sim Outo-unfall. Wos sini Hang zulo het, fat er wider a der Statue afa schaffe. Es sy ja no d Details z pflege, wo ds ändgüutige Ussehe vu der Statue wärde prägä. Disi chline, fine Details, wo übrigens der Usschlag gä hei, dass Ferdinand Steihouer mit der Arbeit vur Statue betrout worde isch. So chunt nach und nach ds ändgüetige Biud vur steinerne Helvetia z schtand.

Bau brichtet ds Lokaublatt mit Biuder, dass d Statue inere Wuche am vorgsehne Platz wird schta. D Yweihig löi no uf sech warte, wüu niemer richtig druf vorbereitet isch, aber Afang Novämber, söu die Helvetia Ywihigs-Party stige.

Das isch e bittere Schlag für Irina, di provisorischi Helvetia.

Nach em 13. Oktober isch ke Arbeit me da. De steit di richtigi Helvetia us Stei a däm, Irinas Platz. Und übernimmt ds Dasi für Zämähaut und Eintracht. Aus Symbol vu nere Gmein, wo glernt het, es bizeli me zämä z schaffe.

Natürlich het Irina das gse cho. Ihre Vertrag isch ja bis zu däm Zytpunkt gloufe, wo di steinerni Helvetia ihre Platz ynä wird. Was söu si jetz mache? Wo gits Arbeit?

Guet drei Wuche später, am 9. November, isch d Yweihig agleit. Mit grossem Fescht, Aschprach und enere Ehrig für di provisorischi Helvetia. Si söu di Miniatur vu der steinerne Helvetia bercho, wo Herr Steihouer aus Vorlag und Vorzeigeschtück gmeisslet het.

Di vile spezielle Yladige wärde verschickt. Ou ad Irina Bergmann.

Ds Lokaublatt bringt e Sonderusgab, mit de verschidene schwärwiegende und ou erfröiliche Merkpunkt, vum beschwährliche Wäg vu der Helvetia. D Biuder dokumäntiere chronologisch aui die Gschehnisse. Inklusive der Demonstration. Derzue maut das Blatt di letschti Station, d Yweihigsfiir, mit aune Farbe vum Rägäboge us. Natürlich wird di provisorischi Helvetia

nid vergässe. Es git no es „Spezial" drüber.
Ja, dise beschwährlich Wäg vur steinerne Helvetia uf em Gmeinspark. Ei risigi Gschicht, wo mou mues verzeut sy, und richtig uskoschtet wärde.

D Yladig, wo bi Irina Bergmann vum Pöschteler hät söue ygworfe wärde, isch zur Gmeinskanzlei zrügcho. Der Gmeinspresidänt isch pärsönlich drüber informiert worde. Auem Aschin na, isch Irina uszoge. Der Vermieter cha ou ke Uskunft gä. Er bestätiged nume z Wäggo vu Irina, doch meh chaner bim beschte Wiue nid sägä.
Ou Florian Moser wird befragt. Är chönni sicher öppis über Verblyb vu Irina sägä. Aber ou dä weiss nid wyter. Si heig ihm ou nid verrate, wohi si gang. Florian het scho erwähnt, dass ihri Beziehig uf wacklige Bei gstange sigi. Ou är sig nid e so richtig gschid us däm Meitli worde. Si heig ihm nid viu pärsönliches verrate. So sig ihm ou nid müglich nach z vouzie, wo härä Irina mögti gange sy. Si tragi es Gheimniss mit sich ume, wo süsch vermuetlich niemer kennt. Das heig er no wöue afüege. Süsch chönn er nid wyter häufe. Bittet aber um Nachricht, wenn d Irina gfunge sigi.
Der Gmeinspresi isch ratlos und verzwyflet. Er het di Sach Irina Bergmann zur Chef-Sach erklährt. Und jetz weiss er nid wyter. Ei Trumpf het er no im Ermu. Sozägä aus letschte Uswäg. Frou Fichtel. Ja, d Frou Fichtel. Si weiss eifach aues. Ou das wo ds Lokaublatt nid cha i Erfahrig bringe, ou das weiss Frou Fichtel. Wohär? Das weiss niemer. Egau. Für e Momänt isch si di letschti Hoffnig.
Scho schteit si i sim Büro.

„Frou Fichtel. Schön, dass dir so schnäu heit chönne cho. Möget dir es Kaffee, oder lieber es Tee? Bitte nät Platz. Auso Frou Fichtel. Was wüsset dir über di sitzendi provisorischi Helvetia? Was chöit dir mir über Irina Bergmann sägä?"

„Ja, auso, lueget Herr Gmeinspresidänt, das isch eso. I weiss eigentlich nüt. Nume, i ha ghört, dass di Provisorischi furtgange isch. Auso i ha si nid gseh. Aber Frou Huser het gseit, dass d Bergmann schwanger sigi, us jetz Zyt derfür isch. Si wird imene Chrankehus sy und uf e Nachwuchs warte. Doch i weiss würklich nüt. Das chan i nech sägä. Do het doch d Frou Gärber no eine derzue gleit. Si het gmeint, dass me nid wüssi wär der Vater sigi. Villich isch es der Moser, wo di ganzi Zyt umse scharwänzlet isch. Aber i weiss würklich nüt. Da müesset dir scho im Chrankehus nache frage. Aber we das so isch, was macht de di Armi. We ke Vater da isch, u si ou nid cha schaffe. De muess si ja verhungere und ds Ching ussetze. Oh herjeminee! Das darf doch nid passiere. So wi si bi üs im Dorf für Zämähaut und Eintracht gworbe het, aus Helvetia. Da muss me doch öppis ungernä, Herr Gmeinspresidänt. Sit dir nid ou dere Meinig? Da muss i zur Frou Huser, ihre das go mitteile, dass me da öppis mues ungernä.

Auso, Herr Gmeinspresidänt. Merci für e Kaffee. Uf wiederluege. I mues jetze ga. - Da muss me doch öppis ungernä. Ja, das muess i der Frou Huser sägä. Auso, danke."

„Ig danke öich, Frou Fichtel, für di interessante Nöigkeite. Ja, das chöit dir der Frou Huser sägä, da muess öppis gscheh. Nomou danke für öji Zyt."

De zu sire Sekretärin: „Frou Brunner, da muess me

öppis tue. Würdet dir bitte i aune Schpitäler, Klinike, Chrankehüser und ou bi de Hebamme nache frage, öb Irina Bergmann imene Zimmer ligt, zum entbinde. Me verzeut, dass üsi Helvetia schwanger sigi, und jezte der gegäbeni Zytpunkt cho isch.

Hm, ha nüt bemerkt. Süsch gset me das ja.

Nu guet, Frou Brunner, Bitte fraget überau nache, und ungerrichtet mi nächär. Danke."

„Schwanger? Ha ou nüt gmerkt. Trotzdäm. Wird gmacht. Aues klar."

Tags druf isch es klar. Irina Bergmann ligt im Schpitau. Vor zwe Tage, het si es gsungs Töchterli uf d Wäut bracht. Beidi sy wohl uf.

Am Nachmittag bsuecht der Gmeinspresi d Irina pärsönlich.

„Na, üsi Helvetia, schön, nech wider z gseh. Wi geits euch? I gratuliere zu euer Tochter, Frou Bergmann. Wi söu si de heisse?"

„Ou, der Gmeinspresi grad pärsönlich. Das freut mi, dass dir mi chömet cho bsueche. D Tochter und i sy gsung und munter. Doch e Name han in no kene fürse.

I bi zersch no am überlege, wi das söui wyter ga. I weiss nid was, aber irgend e Lösig wird's scho gä. Doch i wot nech nit belaschte mit mine Sorge, Herr Presidänt, üs geits süsch würklich guet. Es isch e eifachi Geburt gsi. Bi froh drüber. Jetz isch aues verby. Doch der Vater isch ou wäg. Irgendwie wird das de scho go."

„Das freut mich Irina, dass es euch Beide guet geit. Chani für euch der Vater la sueche?"

„Nei, das het ke Sinn. Dä wot sowiso nüt me vu mir wüsse. U süsch isches es Müesse, wo nid lang würdi häbä. De wäri wider eleini. Löt das nume, es wäri verschwändeti Zyt."

„Guet so lan i das. Was die angere Sorge betrifft, so han i euch e Vorschlag z mache..."

Mit emene freudige und richtig guete Gfüü, reist der Gmeinspresi wider zrüg, für di letschte Vorbereitige zur Yweihigsfiir z träffe.

Am 9. Novämber isches sowyt.

Di grossi Yweihigsfiir für di steinerni Helvetia isch agloufe.

E spätherschtliche sunige Tag, wo viune Lüt Fröid bringt. Jetz redet niemer me dervo, dass di Statue wäg söu. Äntliche sy aui einig und vor der verhüllte Statue versammlet. Aui Bürgerinne und Bürger sy cho. Natürlich ou der Künschtler, Ferdinand Steihouer. Natürlich ou di provisorischi Helvetia, Irina Bergmann.

Der Gmeinspresidänt hautet di fiirlichi Aschprach grad säuber. Er isch stouz, dass es jetz doch no glängt het, für di richtigi Statue. De einigi Würdigunge. U zletscht di Sensation. Är bittet Irina Bergmann mit ihrem Töchterli vüre. I däm Momänt chunt ou der Pfarrer derzue. De fat er nomou a: „Mini liebe Bürgerinne und Bürger. Irina Bergmann, üsi provisorischi Helvetia, het i auer Schtiui e Tochter gebore. Wi mir mit Freude dörfe gse, sy Beidi wohl uf. Das freut üs bsungers.

Da für Irina e bsungers schwäri Zyt abroche isch, so ganz eleini mit Tochter, ohni Vater, ohni Arbeit, hei mir im Gmeinrat öppis bsungers beschlosse. So bsunderig wi d Arbeit, wo d Irina Bergmann für üses Dorf gleischtet het: Mir hei beschlosse, das üsi Gmein als Pate für d Tochter da steit, und das d Irina bis uf wyteres i der Gmein agsteut isch. E Wohnig hei mir scho gfunge für di Beide. So isch es für di Zwöi viu eifacher e Familie z wärde, z gedeie, enamg z respäktiere u fürenang da z sy."

Dä Ungerbruch i syre Red benütze d BürgerInne zu meine chräftige Aplous. Viu Getuschel, da u dert. Doch im Augemeine möge das d Lüt der Frou Bergmann und ihrer Tochter gönne, dass ou sie Zwöi e gueti Zyt chöi ha.

„Mir wei di gueti Tat, das Zämäläbe, di Eintracht, der Zämähaut, disi Zeiche vur Mönschlichkeit, wo d Irina während dene Mönet für üs dargschteut het, ihre zrüggä. Doch mir hei wyter beschlosse, dass disi Geste a ne Bedingig gknüpft söu sy. Di Bedingig lutet, dass mir der Name für d Tochter dörfe useläse.

Frou Bergmann isch sofort dermit yverstange gsi. U mir hei e Name userkohre, wo is immer ad Leischtig vu Irina söu erinnere. A das was si dargsteut het, während dere schwirige Zyt, für üsi Gmein. Mir hei e nid autägliche Name gwäut, eine wo euch aune, liebi Bürgerinne und Bürger trotzdäm scho glöifig isch. Nämlich: Helvetia Viktoria. Beschützerin und Königin vu üsem Dorf.

So wot i der Herr Pfarrer bitte, d Helvetia Viktoria z toufe. Und zwar hie, wo aues agfange het. Bitte Herr Pfarrer."

D Mängi lot der Pfarrer gar nid zu Wort cho. Mit emene gwautige Applous und gmeinsame ‚Helvetia Viktoria' Ruefe, übertöne si aues, was rings ume no wot rede.

E beydrukendi und bedütigsvoui Toufi für dä früschi Ärdebürger, wo no e längi Zyt wird i gueter Erinnerig blibe.

We mir so gäbig zämähökle, wet ig öich es Gschichtli verzeue. Es isch es regurächt uschafeligs Gschichtli, wo doch eis Mou i der Chemi-Hof-Höchi passiert isch.

Der Bäsämacher Änggi u der Lienihof Schaagi si einisch spät nach em ynachte, wo scho d Hase de Füchs guet Nacht gmauzet hei, übers Gsteighubus Weidli zue gschlarpet u hei enang no Ghänslet u Gretelet, dass si chum me gschnauet hei wo ne der Gring steit. „No ei so lumpige Schlööterlig am Gätzi und i schmier der e Chnutsch a Bare, dass de im Chemiloch-Tobu ds Glychgwicht geisch go sueche." U so isch das vum einte zum anger gange wi nes Wybergschnurr uf am Lismerschämeli.

„Liis!" seit plötzlich der Lienihof Schaagi, „was höglet dert vorem Chabisbärg ir Sunnhaude hingere und füre?" Bäsämacher Änggi het brümelet wi ne Hosli, und hets de ou gschnaut. Es Sensemandli, nid nume eis. Drü, viu mängs es ganzes Chräteli vou si da dasume graget u hei gschmatzget und schlaberet, dass es eim richtig verwürmled het.

De, gschwing hei si hingerzi wöue, schteit scho es Sensemandli vorse, gaffet se es dürli kurlig a u meint de: „Säget, dir zwe." Uh! isch das dene dür d Chnödli blochet, wi suuri Chaubermiuch düre Söidämpfer z dürab. „Chöit dir üs ad Hang go, ds Chäferwürmli der Chabisbärg uf schleipfe?" Wo der Bäsämacher Änggi das Wort "Chäferwürmli" verno het, het er fasch e Härzchlappescharnier Verchauchig übercho. Doch der Lienihof Schaagi het ihm zuegflüschteret: „Du kennsch ja d Sensemandli, da darf me nid widerrede!" de sy si mit tschaupet.

„So, Giele." Het ds Sensemandli gseit wo si bim Chäferwürmli sy gsi. Di angere Sensemandli hei wyter gschmatzget und schlaberet. Do hei di beide gwüsst wo der Bartli der Moscht hout. Hei de das Chäferwürmli agschnauet. Der eint am Gring, der anger a de Scheiche. Uh, isch das grägigs Gräu gsi. Die zwe hei gigasched und gschrisse, das si bau nüm gwüsst hei wi ne Schlosshung zitteret.

Da, chum druf abe, het sich das Chäferwürmli afa rode u gwäget mich buchigem Stimmli: „Oh, wi gurglet mir der Schopf!" Jetz hets em Bäsämacher Änggi bös im Schisstopf gwauschtet. Är het das Chäferwürmli la gheie und isch der Chabisbärg abgsecklet, wi we ihm der Waudvogu mit em Sprängise der Plämpu verhäckerlet hät.

„Las rouple, Änggi!" het im Lienihof Schaagi no nabrüelet, u de hei ihm d Liechtli glöscht.

Z Mondrischt het ne Chabisbärg Line gfunge. Erlächnet u bhab wi ne bruchte Glünggi. U es sy mäng Tag i Hoger gloufe, bis är wider der Schorgrabe is Chroteloch het chönne zwaschple.

Sensemandli und Chäferwürmli het er kes me gse, sir Läbzyt nid. Aber ou der Bäsämacher Änggi isch niene z finge gsi.

Und es git Sürmle, wo sägä, sid denn gäbs am Chabisbärg es Sensemandli meh, wo desume schlaberi.

Wi ne ufgschreckti Wiudchatz louft Nasti i ihrer Schtube hin und här. D Arbeit, wo vor ihre Füess ligt, bringt se fasch zur Verzwyflig. So viu het si no nie ztüe gha. U si gset chum me über dä Bärg use. Nastasia Buschelbrom isch e begnadeti Software Programmierere. Schpili en Masse, het si produziert. Ou es nöis Programm zur Verwautig vu me ne ganze Betrieb. Wi gross dä ou mögti sy. Dises Programm isch sehr effektiv u cha i jeder Schtufe und Abteilig ygsetzt wärde. So isch di ganzi Firma, ou mit de Ussedienscht Mitarbeiter am Laptop, über eis Netz mitenang verbunde. So cha jede Einzelni mit jedem Angere us der Firma kommuniziere. Problem, oder besser Ufgabe, chöi schneuschtns, ohni immer e Konferänz abzhaute, glöst wörde. D Loufzite zwüsche de Schtufe wärde trastisch verchürzt. Der Konsäns drus isch, dass jedi Firma nume cha profitiere.

Auso. Nastasia Buschelbrom het druf härä so viu Ufträg für nöiji Programm und Schpiu bercho, dass si sich chum cha wehre. Wo afo? Mit welem nöije Schpiu? Oder Programm? Si weiss es nid.

Si chönnt es paar Tag Usspannig und Ferie verlyde. Aber das geit nid. Di vile Ufträg. Derzue wot ihre Fründ keni unerwartete Ferietage ylöse. Derbi hät si ou amene Schtrand rüeig es paar Schtunge chönne am Läptop ihri Arbeit mache. U trotzdäm chönne usspanne. Aber das wird nüt. Das cha si sich is Chemi schribe. Doch eso chas nid wyter go.

Nasti seit sich: „Jetz mache i mou 5 Minute Pouse, für mini Ufgabe zrächt z lege und e Afang z finge. Eifach mou 5 Minute. Jä, wo finge i de d Rue derzue? Wo bini wäg vum Büro, vu däm Bärg Ufgabe? Ja da gits nume eis und das isch z Richtige."

Si leit d Jagge a, chlemmt der Ordner mit de Ufgabe ungere Arm, derzue e Block zum Schrybe und es Bleistift. Rassig geit si d Schtägä abe, di drei Etage, so rassig, dass ihri lockige, churze dunkubrune Haar hinger ihre d Schtägä abe flüge. Ihri Chleider het si am Morge us em Schaft usee gno, ohni viu derby z dänke. Dä grau Zweteiler isch zwar sehr schigg, macht se aber konservativ und schtyf. So isch d Nasti nid. Ender vif, aktiv und meistens chum z haute, we si i vouer Fahrt am Kompiuter hocket. Ihri Vorzüg lige tatsächlich bi der schnäue Uffassigsgab, em logische und vernetzte Dänke und emene schtarche Charakter. Si lot sich nid so schnäu us em Konzept bringe. Het meischtens aues im Griff und seit wos düre geit. Natürlich het si ou di einte oder angere chline Schwechine. So eini isch ihre Fründ Alfons. E junge Trübu, ou vierezwänzgi wi si, französicher Abstammig und Buechhauter imene chline Ungernäme. Är het Überraschige überhoupt nid gär. Isch sehr korräkt, immer tadulos gkleidet und ihre gägänüber jederzyt zuvorkommend. Derzue möchte i hie no ywärfe: was cha e tadulose Buechhauter ere rassige nd säubschtsichere Frou entgägäha...

Si, die Frou, wo doch so gär ihri Tröim hätti usgläbt. Mängisch het se d Abentürluscht packt. So einisch nackt amene kilometerlänge Strand vouer Sand lige, ganz eleini bade. Sägle was d Sägu härägä. Oder düre Dschungu spaziere und - wär weiss was de dert no git. Aber das sy aues Tröim. Doch mit ihrem Fründ? Da isch nid viu z mache. Si meint zwar, das sigi nid so schlim. Si heig sich dermit abgfunge, wüu si der Alfons richtig

77

liebt. Villich wird er mit de Jahr ou es bizeli lockerer, dass si zämä no chöi au die Tröim usläbä. Das wird sich jo de zeige.

Nu, so konservativ wi Nastasia hüt gkleidet isch, so us aune Fuege isch si im Momänt ou grate. Nume die 5 Minute zumene Kafe bi „Chez Héctor" ume Egge, cha ihre die Rue bringe. Si hoffts ömu. Dört het si d Müglichkeit chli Ordnig i ihri Ufgabe z bringe. Das wäri jetz tatsächlich erfröilich. Wüu, ersch denn cha si richtig mit ihrne nöije Arbeite afa.

D Tische sy aui bsetzt. Das isch zwar nüt Ussergwönlichs bi „Chez Héctor" um die Tageszyt. Der Kaffe isch uzgezeichnet, d Bedienig zuvorkommend, fründlich und ds Ambiente isch agnäm. D Gescht chöme immer wider. Buschelbrom suecht sich e freie Platz. Die 5 Minute söue, wenn schon, guet inveschtiert sy, so, dass si ihri sehnlichscht erwünschti Rue fingt.

Si luegt ume, wo no e agnäme, freie Platz isch. Ja, dert z hingerscht a der Wang isch no eine frei. Si schtifled druflos, dass ömu niemer süsch diese Platz cha ergattere. Uf der angere Syte vum Tisch hocket e Maa, wo ihre der Rügge zuechert. Si geit zunim, fragt nach em Platz, öb dä no frei sigi u setzt sich drufabe umschtändlich. Chum het si Platz gno, chunt scho d Bedienig u fragt nach ihrem Wunsch. Churz derna steit der gwünscht Kaffe – Macchiato scho uf em Tisch. Buschelbrom nimmt e chräftige Schluck. Jetz rütscht si uf em Stuel hin und här, für sich der Rue z widme. So het si ou der Wiu, ihres Gägenüber z muschtere. Der erscht Blick erschreckt se fasch. Das isch jo e schneidige Kärli. Das het si gar nid gse, vorhär. Das isch doch nid wichtig, dass sich Nasti dise Maa no nid richtig het agluegt. Jetz isch si ja drann.

Wuaw! So schön natürlich brun gwäuts Haar. D Chleidig in Jeans, Jagge, Hose und ds Hemmli. Zämägschteut i de Farbe blau, brun und grüen. Passt genau. Das isch dä Maa. Si luegt i sini töifgründige, brungrüene Ouge. I setigi het si wahrlich scho lang nümme dri gluegt. Ja, da isch di ganzi Wäut drinne vereint. Au das Grosse, wo si jede Tag gset, wo si im Fernseh cha aluege. Ja, das si Ouge. Buschelbrom zögeret no chli u blibt de i dene herrliche, brun-grüene Ouge gfange. Si chunt nümme vu dene los. Si ligt jetz ganz sanft i ihrem Stuel und isch hin und wäg.
Das het se eifach überwäutiged.

Aues verschwümmt vor ihre, aues us dene vernarrte Ouge. Hingedra, hinger disem Näbu, toucht si ine sunneumschwärmti, vu blauem Meer umgäni, grosszügig usgleiti und verfüererisch usgschtatteti Kajüte, wo zumene Säguschiff ghört. Nid nume es Säguschiff, e richtig Sägujacht. Eso richtig läng u breit und töif und schön. Derbj ghört si e häui Stimm vu irgendwo här: „Nasti, chum doch ou ad Sunne. Dä luftig Tag wird dir dür dini wällige Haar schwäbe. Erfrüsdchend isch es einewäg."
Nasti kennt di Stimm nid. Luegt ume. Si erkennt nüt wo ihre vertrout isch, geit denno us der Kajüte uf das sunneumfluetete, liecht nach Meerwasser schmöckende Schiffsdeck. U da sy si wider. Die wunderbare, brungrüene Ouge, wo si scho irgendwo gseh het. Aber si cha sich nid erinnere wo.
Der Ablick vum offene Meer, die Brise, wo ihre dür d Haar ziet. Das unbekannte Schiff. Dise Maa. - Wo bin i überhoupt? Fragt si sich, was passiert mit mir?

„Säg mir, du junge Maa, mit dene brun-grüene Ouge, wär bisch du? U was mache mir hie? Wo sy mir überhoupt?"

„Aber Nastasia. Mir kenne üs jetz scho e lengeri Zyt, u du weisch nid mou me wär i bi? Guet i wüu dir uf d Schprüng häufe. Das isch ja ou nid kompliziert. I bi Bertram Himmelsturm. Dä mit de brun-grüene Ouge. Mir sy ungerwägs a der brasilianische Küschte. D Nachberschaft vu Victória, genauer gseit Regencia, schtüre mir aa. Es isch din Wunsch gsi. Din Troum, mou so wyt z säglä, Nasti."

„Ja, Bertram. I erinnere mi a dä Wunsch. Do hesch du mir e grosse Gfaue da. Das wirde i nid vergässe."

Nastasia geit uf dere Sägujacht ume, für aues mou gäbig z beouge. Eifach fantastisch so nes Boot. U der herrlich, ja grandios Tag, mit de fine Wäue um se ume.

Würklich, e Tag zum juble.

Langsam gei si zu Bertram, umschmiegt ne vu hinge und küsst ne sanft u sini breiti Schultere. Er löst si fescht Griff am Schtürrad, drückt der Chnopf zur outomatische Schtürig, nimmt se i Arm u leit se süferli uf d Bank.

Für ihres Liebesschpiu blibt ne viu Zyt. Denn, es isch no ke Land in Sicht.

Die grossi Sägujacht cha nid ganz bis as Ufer zuefahre. Es isch z gross.

Der Anker isch scho am Grund. Bertram löst ds Byboot u lats is Wasser gleite. Dermit ruedere si no di letschte Meter bis as Ufer.

Nasti luegt während der Fahrt gschpannt uf das Amulett, woner um e Haus treit. „Säg einisch, was isch das, wo du ume Haus treisch. I nime a, das es us Jade isch.

Ygramed i Goud. Das mues scho aut sy."

„Ja, es isch warhaftig scho aut. Dä Jadeahänger mit Goud geit vu Generation zu Generation. U das Ding isch öppis schpezieus. Vor ungefär 400 Jahr isch das Amulett entschtande. Die Gschicht derzue isch nid so gwöhnlich wi der Alltag. Damaus, so verzeue d Ahne, heigi di erschti Trägerin, wo das Amulett het bercho, Geisterbeschwörig betribe. Die Frou isch bekannt und guet agseh gsi. Si heigi gwürkt wi nes Orakel. So verzeut me. Si heig i Biuder gred, so dass d Mönsche, wo nach Rat gfraged hei, nid so schnäu verschtange hei, was der eigentlich Sinn vu ihrne Wort isch gsi."

„Wauw, Bertram, das isch ja unheimlich interessant. Het denn dises Amulett echli vu dere Geischterchraft mitbercho? Bisch du ou es Orakel?"

„Jo wo dänksch de ou härä. I bi würklich keis Orakel. Denno het dä Talismann no e entsprächendi Chraft bybhaute. Jede Morge haute i dä Ahänger id Sunne. Denn konzäntriere i mi uf das erschyne vu de Biuder, wo de villich chöme. Aber das isch nid immer so."

„Was für ne Art Biuder entschpringe de der Sunne, oder däm Amulett? Was, wenn kener Biuder chöme?"

„We nüt z gseh isch, gids nüt z gseh. De gids eifach nüt. Das isch ou nid so tragisch. Irgendeinisch chöme de die nöchschte Gedankebiuder scho wider."

„Jä, u was zeige de die Biuder? Was chasch du dermit afange. Was isch d Bedütig, wo derhinger steckt?"

„Das isch verschide. Mängisch isch es de es richtigs Biud, wo ni de cha interpretiere. Angersyts sys Wort u verschideni Sätz, wo mir entgägäflüge. Drus lat sich ou viu useläse. I ha gueti Erfahrige dermit gmacht. Es het mi scho vor vilem Unfug bewahrt. Das isch absolut!"

„Hesch hüt ou es Biud gseh, oder Wort ghört?"

„Ja, Nasti. Hüt Morge han i ou es paar Wort ghört."

„Aber Bertram. Schpann mi bitte nid so uf d Foutere! Was isch es?"

„Es het klunge wi ‚Sy Wulche i de Ouge, de gits schpäter Schturm.' Nume hani bis jetz no nüt dermit chönne afa. So tolls Wätter, ke Wulche am Himmu. Aber jetzt weiss i was es bedütet het. Ja, Nastasia, es het mid dir z tüe."

„Auso, verzeu mou. Jetz wot is wüsse. Wenn es mi betrifft!"

„Das hani befürchtet. Nu guet. Wenn dus wosch... du bisch hüt am Morge benomme gsi und hesch nümme gwüsst, wo de bisch gsi. Hesch mi ou nid kennt. Auso. Du hesch Wulche vor de Ouge gha. Und der Schturm isch jetzt richtig los gange mit au dine vile Frage. So eifach isch das."

„Aha, so eifach isch das."

Churz derna hei si der Strand erreicht.

Nach em usgibige Nachtässe imene chline Lokau, im nächschte Dorf, mache si sich wider uf, zur Nachtrue ihres Schiff z erreiche.

„Los mou Bertram. Wie wäri das, we mir die Nacht hie am Strand verbringe. So schtärneklar und besinnlich. Derzue hätti jetzt würklich Luscht."

„Das isch e vorträfflichi Idee. We du di nid fürchtisch, verbringe mir die Nacht hie usse. Das söu mir rächt sy."

Zytige i de Morgeschtunge, sitzt Bertram am Ufer u hautet sis Amulett i di morgendliche Sunnestrahle. Wär weiss, was ihm hüt ds Orakel verratet.

Da schlicht sich d Nastasia vu hinge a ihn ane. Bertram

het der anger Arm id Höchi, wi wenner wett sägä: ‚Lass es mi wüsse, us diner unändliche Wysheit!' De fragt si: „Hesch es ou gseh? Die rosa flatternde Ringe um dä grossi Fisch ume. Was cha das nume bedüte?"

Bertram dräit sich langsam zu ihre ume u luegt ere töif id Ouge: „Es isch Zyt für ufs Schiff z go. Chunsch mit? Schpäter chöme mir de wider zrügg a Strand."

„Wi isch es jetz mit dim Ahänger, säg!"

„Chunsch du jetz mit?"

„We du mir ke Antwort gisch, de blibeni do. I due chli bedele und sünnele."

„De, auso bis später, Nasti." Bertram schtigt dermit is Ruederboot und padled dervo.

Buschelbrom leit sich i Sang u lat di morgendliche Sunnestrahle uf sich abe schimmere. Das isch e würdige Momänt für si. E Momänt wo si scho lang druf gwartet het. I ihrne Tröim het si sich das i blüende Farbe vorgsteut, wi de das wird sy, wenn...

Si dräit vorsichtig der Chopf. Lugt nach lings, nach rächts em Strand entlang, öb öpper ume isch. De setzt si sich uf. Dräit der Chopf nach hinge uf beid Site. Wauw! Wyt und breit ke Mönsch. Hinger ihre nume di Paume beläbti Waudlandschaft. Ke Mönscheseele z gseh. Dört wird sich sicher niemer verstecke. Ou der Strand mönschelär. Auso, de chas ja losga.

Nasti ziet langsam ihres rosa Bikinihösli ab, leits zämä und näbä sich i Sang. De luegt si no einisch um sich ume, öb tatsächlich niemer sini Ouge uf si grichtet het. Beschtimmt isch e gwüssi Luscht derbi, sich vu öpperem nackt la z gseh. So eleini hie am Strand. Aber si wot sich das nid ygesto.

Im umfangriiche Rundblick dütet nüt druf härä, dass

irgend öpper i der Nöchi isch. Guet! De chunnt der BH dra. Dä säb leit si jetz ou schön gfautet näbä sich. Ihri wougformte Rundige nimmt si id Häng und massiert se es bizeli. Villich isch es nid es Massiere, sondern es verstecke vor ungebättene Blicke. Das solang, bis si sich vu au dene Gedanke het chönne trenne.

De stützt si mit ihre i Sang gschtemmte Häng der Oberkörper gradeswägs id Sunne. Si schpreizt d Bei es bizzeli, so dass di wohlig warmi Sunne überau cha härä luege. Schliesst de d Ouge, neigt der Chopf nach hingere und lat sich brüne.

Es herrlichs Gfüu ziet i ihre ufe. Das Gfüu het si bis jetz no nie dörfe erläbä. We di Sunnestrahle ihre ganz Körper berüere, ohni vu meine Chleidigsstück wäggwise z wärde. Es Lächle verbreitet sich uf ihrem Gsicht. Dermit isch das herrliche Gfüu mits i ihrem Körper acho. So öppis het si no nie erläbt. Bis jetz isch es so gsi, dass we ihri Gfüu es Höch erläbt hei, mit Alfons het si dises Höchgfüu scho miterläbt, het si der Ydruk gha, das sigi jetz di höchschti Kultur. Aber das hie schteut aues i Schatte. So frei vu inne usse. So unbekümmert i der Sunne bade. Einisch e Troum miterläbe. Das hie, das isch jetz z Höchschte vur Kultur.

Aber lömer se das gniesse.

Es isch scho e zünftige Ougeblick verbygange, sit si da am Schtrand ligt und sich vu der Sunne lat la verwöhne. Inzwüsche isch si is Land vu de Tröim ytouched u frönt disne, mit emene Lächle uf de Lippe.

Plötzlich schtört öppis ihri Tröim. Si schpringt uf, no chli benomme u het ke Ahnig, wo si isch und was hie vorgeit. Si isch sich i däm Momänt ou nid bewusst, dass ihres Bikini immer no schön zämägleit im Sang näbä ihre ligt.

Si luegt em Schtrand entlang, u fragt sich, was das ächtet für Lüt sige, wo hie umehantiere. De realisiert si d Situation. Das sy Fischer, wo mit ihrne Boot und em Fang zrugg chöme.Wou öppe ds haube Dorf begrüesst di Fischer jublend und hiuft di Netz an Land z zie. Nasti geit chli nöcher zueche, für di Fisch gneuer z gschoue. Si het z Gfüu, dass d Fischer Glück hei gha. Di drü Netz sy gragled vou. Vermuetlich e guete Fang. Das isch de Lüt vum Dorf a z gseh. Denno isch si sich nid ganz sicher, öb do nid no öppis angers isch. Jede het se heimlich verschtole agschtarrt. Das verschmitzte Lächle um ihri Muwinku ume verratet se, dass dise Momänt e ganz ansehnliche mues sy. Denno versteit si d Sprach nid. Drum wird si ou nid i die luschtigi Situation ygweit.

Us der Gruppe vu de Meitschi und Buebe, wo us em Dorf a Schtrand cho sy, löst sich es Meitli u chunt uf Buschelbrom zue. Si luege enang aa. Ds Meitschi muschtered se vu zungerscht bis z oberscht, so dass es Nasti fasch warm ums Härz wird. De chunt ds Meitschi no chli nöcher, ganz noch a se härä. Luegt ere vu unge här is Gsicht, hebt de der Arm und gryft unvermittlet a d Bruscht vu Nasti u hautet die fescht. Jetz schlats wi ne Blitz i Nastis Chopf y: ig bi ja no nackt! Schnäu löst si sich us em Griff vum Meitschi. Schpringt zu Ihrem Bikini, leits i auer Schnäui a, luegt no mou zu de Fischer zrüg u de Mönsche us em Dorf u geit de bückt uf di angeri Syte furt. I däm Momänt chunt Himmelsturm as Ufer gruedert u nimmt Nasti i Empfang. Är muschteret se u meint: „das isch ganz schön muetig gsi, vu dir!"

„I ha no es paar Bssorgige z mache und Züg z erledige

im nächschte Dorf, chunsch de mit? I ha dir ou Chleider mitbracht." Lächlet ungezwunge u hautet ihre es Paar Hose härä.

Schpät id Nacht sägle di Zwöi wyter Richtig Weschte. Der Morge söu si bis nach Regencia bringe.
Der Wind het ufgfrüscht. Di liechti Briese, wo am Aabe zu gmächlicher Fahrt het verhulfe, isch zu mene regurächte Sturm agwachse. D Wäue peitsche a d Jacht. D Sägu schlö unger em Druck vum Wind. Ds ganze Boot schouklet gfärlich uf und ab. Aber es Ändi vum Sturm isch no nid uszmache.
Bertram het aui Häng vou z tüe, mit de Sägu und em Rueder. Buschelbrom isch ihm i dere Situation ou ke grossi Hiuf. Si isch seechrank worde, hanged über der Reeling und ergid sich unverblüemt is Meer. Ganz blass isch si. Au das hübsche Brun isch mit däm Schturm usgfloge. Himmelsturm het denno ke Zyt sich um si z kümmere. Es ma ne grad beluschtige, we Nasti sich mit ihrer Seechrankheit abmüit. Derzue het si aui Müi, sich a der Reeling feschtzhaute. Di Wäue, wo übers Deck zie, riise se fasch mit.
Nach lang überläbtem Sturm, krachets irgendwo. Es isch der Grossmascht, wo i der Mitti abbroche isch. D Seili hautene no in Schreglag, dass er nid ganz bis abe uf z Deck gheit.
Jetz isch es Zyt zum reagiere.
Bertram bindet d Seili los und Nasti ziet am Sägu, dass der oberi Maschtteu doch no gortned abe chunt. Es brucht viu Närve derby. Si vergisst ganz, dass es ihre ja schlächt isch. Do chunt d Arbeit zügig vora. Bau ligt der Maschtteu uf em Deck. Ds Sägu wird abezoge, was ou

mit verschidene Schwirigkeite verbunde isch. Doch es cha gretted wärde.

Was jetz?

Zum Glück het der Schturm nachegla. So sitze di Zwöi hinger em Rueder uf der Bank, für sich us z schnufe.

Wi si do höckle, isch es doch es schöns Biud. Di Zwöi hei sich gärn, me merkts ganz guet. Nach dere churze Zyt wo si sich usgschnufed hei, lö si sich das gägesytig ou gspüre. U es geit no lang, bis der Morge abricht.

Tatsächlich hei sis no gschaffed, mit em provisorisch montierte Schturmfock, am Morge der Hafe vu Regencia z erreiche. Sofort het sich e ganzi Mönschetrube biudet am Quai. Aui hei wöue gseh und wüsse, was los isch gsi. Öb der Schturm süsch no meh Schade agrichtet heigi.

Der Hafemeischter isch e aute Bekannte vu Himmelsturm. Es isch der José Louis Garcia Fracencia de Ibanes. Är isch e guete Schiffsbouer, wo der Bertram scho lenger kennt. Es hets öppe scho mou gä, das Ibanes chlini Reparature für ihn üsgfüert het.

„Hey Ibanes, schön di wider emou z gse. Wi loufe d Gschäft? Was gids Nöis, hie am Schtrand?"

„Aber Bertram, hesch di scho lang nümme la gse, hie. Das isch doch e fröidigi Überraschig. U de no mit ere so apparte Begleitig. Wosch mir se nid vorsteue."

„Wo dänksch de ou härä. Das isch mini Fründin. Die brucheni dir nid vorsteue. – Momou. Spass bi Syte. Lue, das isch Nastasia Buschelbrom. E hervorragendi Kompiuterspezialischtin und a ganz patänti Frou."

„Ja, sehr agnähm Nastasia. Mit em Himmelsturm heit dir e guete Partner. Är het mir ou öppe scho e Schtei i

Garte gschosse. Müest de ufpasse. U wes de nümme geit mit däm Schwärmer, bin i de ou no da: José Louis Garcia Fracencia de Ibanes. Aber mini Fründe sägä eifach Ibanes."

„Fröit mi, Ibanes, so überschwänglich begrüesst z wärde."

„Ibanes," seit Bertram derzwüsche, dass di Situation nid auzu pinlich wird: „hesch du Zyt, mis Schiff wider uf Vordermaa z bringe. Der Schturm disi Nacht het is übu mitgschpiut. Di erschte zwe Stunge isch es no einigermasse gange. De het ä Böe der Mascht abenang broche. Das isch jetz e grossi Ufgab für di, Ibanes, dä Mascht wider z flicke, dass mir chöi wyter Sägle. Füusch du di dieser Ufgab gwachse, oder söu i emene angere dä Uftrag erteile?"

„Wo dänksch ou hi, Bertram. Das chani scho."

Inzwüsche sy si bim Schiff acho, um dä Schade z beguetachte. „Das gset ja schrecklich us. Hets süsch öppis no möge? Oder isch das aues?"

„So ne Mascht isch wou gnue. Da mues nid no angers ono kaput gange sy!"

„Du hesch rächt. Das isch fürig gnue. Hm. Wenn i das so aluege. Das isch es schöns Schtück Arbeit. Dismou isch das chli angers. Dä Grossmascht isch nid eifach so i zwene Stunge z flicke. Was söu i sägä. Tüet nech doch di nächschti Wuche um öppis angers kümmere. I gloub dir zwöi wärdet scho öppis finge." Derby zwinkeret er em Bertram zu, mit emene Näbäblick zu Nastasia. „Ja, i eire Wuche chasch se wider ha, dini Jacht. Inzwüsche chöit dir ja mou di bekannti Madonna go aluege. I dere Höhli bisch no nie gsi. Was meinsch derzue?"

„Wes nid lenger geit aus e Wuche... das heisst, wenn du

mir verschprichsch, Ibanes, dass jetz i eire Wuche mini Jacht wider Flott am Wind isch, de isch aues gritzt."

„Verschproche. Inere Wuche isch si sowyt. Fasch wi nöi. Aber gömer doch i mini Wärchschtatt. Dört fiire mir das Widersehe chli . De chan ig öich ou verzeue, wi dir zu der Madonna chömed."

Das Zämähöckle het doch viu Zyt in Aschpruch gno. Das isch aber nid wyters schlimm. Es het doch viu Nöigkeite usztusche gä. U de ersch der Wäg zu der Madonna.
Dä Wäg isch jetz ou uf em Programm gschtange, für Bertram und Buschelbrom. Si hei sich im Dorf mit de wichtigschte Sache ydekt. Aues wo si bruche uf däm Spaziergang. Ässware, das isch klar. De sicher no e Machete, fürs Ungerhouz, we si nüme wyter chöme. Ibanes het ne verzeut, dass der Urwaud doch grüseli wyt abe chömi. Dä Wäg zur Madonna wärdi nümme so viu benützt. Da müesse si mit nöi gwachsenem Ungerhouz rächne. Derzue chunt es zwöier Zäut. Es wäri besser, wenn me d Nacht nid im offene Fäud würdi verbringe. Es sigi nid glych wi am Schtrand. Imene Zäut inne sig si besser gschützt. Ou vu Chlytier. Derna hets no es paar Chlynigkeite wo si nid dörfe vergässe.
Anschliessend gö si wider zrügg ufs Schiff. Mache dert aues barad für ihre Usflug vum angere Tag.
Schpäter hei si sich zwäggmacht. Sy de no is Stedtli Regencia gange ga gwundere und glüüsle. De, gägä Abe häre hei si sich es agnäms Lokau usgsuecht, mit em Name „Pintà", hei sich ghörig gschtercht, viu plouderet u si sech derby no mou nächer cho.
Id Detail wei mir jetz nid go. Ou nid was süsch no aues

passiert isch dür di fougendi Nacht.

Früe am Morge isch Himmelsturm uf em Deck gsässe. Er het sis Amulett id Sunne ghaute und konzentriert e müglechi Ussag oder es Biud abgwartet.

D Nasti chunnt ganz schtiu derzue. Ohni es Wort dismau. I weiss nid, es isch ere aues chli unheimlich. Das z gse was uf eim zue chunnt. Woby es ja nid zeigt, wie, wenn und was genau. Aber letschts mou, dä Fisch mit de rosa Ringe, oder besser gseit die Fischer u das ohni Bikini. Das het se doch e chli noche gno. Es isch für si nid so eifach mit so öppisem um z ga. Si wo süsch aues mit em Chopf macht u dermit ou ihre Erfoug het. Sicher, es isch no nüt gravierends passiert. Denno sy ihre jetz die Biuder nümme so ghür.

Aber der Gwunger blaged se de glich. Si wot de trotz auem wüsse, was Bertram dise Morge gse het.

Bertram luegt se chli verschmitzt aa u seit: "Nimmts di würklich wunger, was i für ne Nachricht dür ds Amulett bercho ha. Oder wosch nid lieber abwarte, was sich de so tuet. Guet, es isch sicher nid so agnäm gsi, hingedry. Immerhin isch es amüsant gsi zum zueluege. Aber es isch ja nüt passiert.

Guet, wenn du wosch. Es dini Entscheidig. Hüt Morge isch e ganz interessante Satz derhär cho. So richtig i Wörter. I ha ne ou chönne entziffere. Är het gheisse: Wenn der Sonnenstrahl den Stein schmilzt, werden Schmetterlinge deinem Weg vorausgehen.

Zuegä, ig cha no nid sägä was dä Satz z bedüte het. Macht ou nüt. Mir lös eifach mou uf üs zuecho.

Churz drüberabe sy si ufbroche, di Madonna go sueche. Im Schtedtli hei si der Bus gno. Dermit bis wyt hingere a Waud gfare. Dört, so der Urwaud de richtig afat. Si hei dänkt, vo do ewäg gäbis sicher no gnue Schtrapaze. So chönn si sich dä Wäg do härä schpare.

Chum sy di erschte Meter im Urwaud gschafft, wirds scho warm und düppig. Au di vile höche Böim bhaute natürlich d Füechtigkeit unger sich. Do isch doch mängs Pflänzli wo no zuesätzlich ma schpriesse, ou wenns nid so viu Liecht het. Füra chöme di Zwöi guet wyter. Ds Ungerhouz isch nid so schtarch i dä Wäg ynegwachse. Do isch ja der Afang u wird sicher vermehrt begange.

Einigi Tage sy si ungerwägs. Uf däm Wäg isch es immer steiler worde. Irgend e höche Hügu isch das wo se i der Richtig bhautet. Ibanes het gseit, dass si dä Hügu müesse beschtige. De syg si de bau am Ziu.

Es isch für Buschelbrom chli unheimlich gsi. So inere nöie Umgäbig, wo si ke Erfahrig het dermit. Hingägä het se düecht, da drus liess sich sicher es nöis Schpiu entwickle. Aber das chunnt de schpäter, we si wider de heime isch.

Vorewäg luege si zäme di vile Pflanze, Böim und ou Tierli a wo si nid kenne, wo ne no nie vor d Ouge cho sy. Es isch ungemein imposant, was d Natur hie härägschteut het. Das isch nid vorzschteue, we me das nid säuber am eigete Lyb erfahre het.

Nach und nach chöme si der Mittagspouse nächer. Hie am Hügu isch es nid so eifach, es flachs Plätzli z finge. Si schtige no gäng dä Hoger zdüruf. Do hets mou e chlinere flachere Platz gha. Wo grad so richtig isch, für ihri Mittagspouse. Mit der Machete macht sich Bertram dra, Bletter und Schtrüchli, wo uf däm Platz schtö, wäg z schla.

Jetz isch es so wyt. Si hei Platz gno. Si gönne sich die Rue, für e ganz Körper z lockere und Bei z entlaschte. Lengeri Zyt immer obsi z loufe, das geit id Wadli. U de duet das hie gwüss guet. So hei si ou derwyu, di wunderbari Umgäbig gneuer z bertachte. Blueme i aune Farbe und Grössine. Da hets ke einzigi derby, wo si kenne. Natürlich het Bertram scho chli meh Erfahrig mit em Urwaud, aus Nastasia. Trotzdäm gids für ihn ou ke Name, wo ner disne Blueme chönnti zueteile. Das isch scho kurios. Aber we me se nid weiss... De di vile Schtrücher. Mäng eine wachsed ider Nächi vu mene Boum und het de dä ou umschlunge. Er wachsed a ihm ufe. De gids derigi, die wachse bis ad Wipfle vu angerne Böim. So mächtigi Böim, wo wyt, wyt obe ersch es Bletterdach hei. U a söttigne Böim ufe wachse disi schmarotzende Schtrücher. We si de zoberscht acho sy, fö si a der Boum, wo ne der Haut gä het zum wachse, abzdrücke. So, dass dä Boum i de Arme vum Schtruch stehend abschtirbt. Eifach fasch nid z gloube, was d Natur hie aues zuelot. Ja, so üppig isch das Gwächs. So ohni Hemmige wachse aui die Pflanze. We me die besser würdi kenne gubs so viu wo me vo ne chönnti pflücke. Do hets Bletter, wo heile. Es het Frücht, gägä Durscht u Hunger. Honig zum gniesse. Es gid Nüss zum gnage und ou Wurzle wo imene Köch inne wunderbar würdi schmöcke. Me weiss, dass die Völker, wo scho syt ewige Zyte im Urwaud läbe, sich vu au däm ernähre und heile. Sozäge es Restaurant und e Apotheg mits im Urwaud. Ds schöne dranne isch de no, dass diesi Quelle nie versiegt. Es sy nachwachsendi Pflanze. Jede darf sich bediene. Är mues aber ou wüsse, wes gnue isch.

E chlini Schlange ziet vor de Bei vu Himmelsturm

verby. Luegt gwungerig d Sole a, wi we si sech wet frage, öb das öppis zum gnage sigi. Nasti näbädra schteut sich im sitze uf, ganz verchrampft isch si. „Was mache mir jetz?" fragt si. Doch Bertram winkt ab. „Nume ganz ruhig blybe. De geit si wyter. Do passiert scho nüt." So isch es de ou gsi. Die Schlange het a dene Schuesole nüt läckers chönne entdecke und isch de wyterzoge.

Plötzlich, eifach so, chramselets Nasti der Arm uf. Si het zersch gar nid druf reagiert. Wo si de necher häräluegt, gset si e Ameise. Es isch nid nume eini gsi. Do isch es ganzes Vouk, wo vu hinger här uf se zue chunnt. Gschockt isch si i dere Stellig blibe u het kes Wort usebracht. Irgendwie het das Bertram komisch gfunge, se so lang verdräit sitze z gse. U de het er di Ameise ou gse. Potz Tusigwätter. Jetz isch aber losgange. Wi ne Blitz isch ihm düre Chopf, dass so häubruni, grossi Ameise chöi giftig sy. U me weiss de nid so genau, was das für Uswürkige uf e mönschlich Körper het.

Är schpringt uf, risst de d Nast ou mit u gumpet wäg. De nimmt er e abbrochene Ascht, fuchtlet im Züg ume. De a ihrem Platz. So, hofft er ömu, chönner d Ameise derzue bringe e angere Wäg yzschla. Aber das isch de nüt gsi. Der Rucksack mit em Zäut drann het er grad no chönne rette. Aber au die herrliche Äsware u was süsch no ume isch gsi, sy vu de Ameis in Beschlag gno worde. Die hei sich über das Züg härä gmacht, wi we si syt Jahre nüt me gha hätte. Immer me vu dene Ameise sy derzue cho. Immer weniger vu ihre Sache hei si gse.

Wo der augemein Schock nala het, u das Schouspiu verby isch gsi, sy d Ameisi wider verschwunde. Genau so schnäu wi si cho sy. Bertram und Nasti luege sich gägäsytig a und kontrolliere, öb nid doch no e Ameise irgendwo i de Chleider hanged.

Chli trurig, dass da aues ewäg isch, u glich mit em Gedanke, das isch eifach d Natur, da cha me nüt mache, sy si wyter der Hoger ufgloufe.

Gägä Abe isch es de ändliche sowyt gsi. Ihri Hoffnig, dass mou dä Hügu mögti es Ändi ha, isch jetz vor de Füess gsi. Der Waud hat sich gliechtet, Gras isch fürecho, wo sich liech druffe het la loufe. E grossi Liechtig het sich vo ihrne Ouge ufda. E richtigi Wohltat isch das gsi wider mou öppis angers z gse, aus nume Urwaud und Ameisi. Ou we das e schuderhaft ydrücklichi Erfahrig isch gsi.

Aber jetze hei, die Liechtig, das isch ergryfend, das Biud. Die Ussicht über dä Urwaud abe, wo si müesam ufekragsled sy. Z hingerscht hinge no es fins Schimmerli vum Meer, wo si vorhär druffe gsägled hei. Aber dismau hets zum Glück ke Schturm. Das wär de no. Nei, aues hie isch Himmlisch. Sogar d Sunne gset me no chlei, wi si sich grad zrügg ziet, go Energie hole, dass si am Morge de wider i vouer Früschi ma lüchte.

Näbädra fliesst es flotts Bächli z düri. Es gumpet so schön über die Steine übere. Macht Schtrudel und louft dört düre, wos grad am ringschte geit. Die klari Farb vum Wasser zeigt a, dass es vu mene Bärgsee, oder vu nere subere Quelle use chunnt. Da isch es grad nur erfrüschend, so der Chopf mou dri zha. Di Chüeli vum Wasser macht eim i däm Momänt ou nüt us.

Hie, a däm bsungere Fläck Ärde, schlö si zämä z Zäut uf. Der Abe isch no läng. Aber die verschidene Düft, wo dür ihri Nase zie. Di Tön und Kläng vu Tier und Vögu. Das fine Rusche vum nache Urwaud. Au die verschidene Ydrück wo si i de letschte Tage und Schtunge mit sich gno hei, chöi si jetz, a däm wunderbar ungwöhnliche Abe, verdoue. Da isch tatsächlich öppe es Gfüu und e Gedanke lige blibe, wo si i däm Nu der Louf lö. Für Beidi es kurligs Dasi. Das hei si nonid erläbt. Ou Bertram nid, dä wo so bereise und wäutoffe isch. De duets guet, sich id Arme z kuschele u z einte oder z angere vu däm auem füre z nä.

Bis zletscht vu dene viune Gedanke, lüchte no d Stärne uf se abe. Es schynt aus wär si zum griife nach. Grad eso, aus wete si di Zwöi nid eleini la.

Nach dere wundervolle Nacht, het se di früsch uftanketi und motivierti Sunne gwekt. Si rüeft obe abe, es sigi Zyt, dibsungeri Madonna go z sueche.

So packe si nach däm chline Zmrge wo no übrig blibe isch, zämä. Di sibe Sache verstoue si im Rucksack. U de geits wyter. Ibanes het gseit, dass däm Flüssli no abwärts söue ga. De chöme si de unweigerlich zu dere Madonna. Das mache si ou. Hüt isch es eifacher vorwärts z cho. Nüm so Ungerhouz, wo mängisch im Wäg inne isch. Derzue geits jetz liecht Bärgab, u nümme zdüruf, wi geschter.

Je lenger si däm Bechli noche gö, deschto breiter und vöuner wirds. Da chunt öppe mou es angers Bechli, wo sech dry ergiesst. So wirds immer meh. Das Bechli, me chönnt im jetz scho Flüssli sägä, fliesst trotz auem sehr ruhig wüus ou breiter worde isch, und nid so viu Wasser mitfüert. Do het das wenige Wasse gnue Platz sich im ganze Bachbett z verteile und gemächlich wyter z zie.

Nach lengerem offenem Gländ, chöme si wider i nes

Stück Waud ine, wo ne der ganzi Wäg versperrt. Bertram isch de ou chräftig dranne, au das Gras, di Bletter und Strücher mit sire Machete z bearbeite, dass si der Wäg chöi wyter go. Luschtigerwys isch jetze ds Flussbett nüm uf der gliche Höchi vum Waud, sondern fliesst wyt unge wyter. Da isch er nüm so schön breit wi vorhär. Ender wider so schmau wi z Bachbett obe dra, am Morge isch gsi. Je meh dass si düre Waud loufe deschto nächer chunt es kurioses Grüsch vu tosendem Fluss. Aber das isch doch gar nid müglich. So viu Wasser hets nid i däm Fluss. Süsch hät me das ja vorhär scho müesse merke.

Da isch ds Frolein Buschelbrom doch zu nöigirig, aus dass si nid hätti wöue ga luege, was das isch.

Si geit quer düre Waud use, gägä die Syte, wo der Fluss dürelouft. Dört zusserscht usse am Waud, wos ganz grad abe i Fluss geit, luegt si überus, was das ächtet chönnti sy, wo si do ghört hei. Si gset zwar am Fluss no füre, cha aber nüt erkenno, wo däm Tose chönnti entspräche. De rüeft si Himmelsturm härä, är sou doch ou cho häufe luege, was da sigi. De hanged si chli wyter use, het sich derby amene chline Böimli, wo grad eso züsserscht am Rand gwachse isch. Aber ou vu dert usse cha si nüt erkenne.

Do het si plötzlich es Problem. So wyt usse wi si hanged, het si zweni Chraft, für sich wider ine z zie. Das isch bitter. Jetz wo ihre Bertram nid do isch und ere nid cha häufe. Si rüeft im: "Chum hiuf mir. I chume nümme zrügg! Schnäu, ma mi nümme häbä!" doch es isch no es zünftigs Schtück, bis Bertram bire isch. De nimmt er se am Arm, und probiert se ine z zie. Ei plottere florigi Strüppete isch das gsi und hetzbacherete hei si zämä.

Trotzdäm isch Nasti nid zueche cho. So wi Bertram am Rand schteit het er nid grad guete Haut, rütscht us, lat Nasti la ga u gheit Chopfvora übere Rand abe, diräkt i Fluss. Nasti cha sich ou nümm lenger häbä, nach dere Aschtrüngig. Si lat das Böimli la ga, u gheit hingere em Bertram ou abe i Fluss. Im Wasser strable si beidi druflos, für as Ufer z cho. Doch aues nützt nüt. Si wärde vum Wasser mitzoge, dass si sich a kere Syte chöi häbä. Z Wasser ziet se immer wyter der Fluss abwärts. Dür Schtrudle düre. Über Steine. Es unagnäms bade, i däm Ougenblick. De lat der Zug vum Wasser chli na. Es wird ou viu breiter, im Flussbett. Do isch es gar nüm müglich as Ufer z schwümme.

Aber was si jetz vor sich gse, das isch doch nid müglich, do hört der Fluss eifach uf. Was isch de nächär? Hinge dra sy keni Bärge oder Wäuder. Isch eifach nüt. Nume e Vorhang vu Wassergischt, wo ufesprützt.

E Wasserfau, blitzts ne dürt Chöpf. - Jetz wirds gfärlich. Was mache mir?

Es blibt ne gar ke Zyt zum überlege. Beidi flüge mitenang über d Krete us, 20 Meter em Wasserfau no und plumpse unge ines töifs Becki.

Wo si wider uftoucht sy, der erscht Schock sech gleit het und si wider gnue Schnuf hei, merke si, dass das Becki, wo si dri gheit sy, näbscht em Wasser wo abestürzt, es hie inne ganz ruhig isch. Do chöi si jetze sauft as Ufer schwümme und usestige.

Uh, isch das aues zämä e Sach gsi. Si chöis fasch nid gloube. Doch jetze lige si hie am Ufer, zum erhole. Aues duet ne weh. U chaut isch es ou no derzue. Zum Glück schynt d Sunne, wo se wider ma ufwerme.

Es het es Zytli dured, bis di Zwöi wider uf de Bei sy.

Seit Nastasia: „Lue, mir sy do. Da hinge isch öppis wi ne Höhli, das mues es sy."

„Hesch rächt. I hoffe, dass sich die Aschträngig glont het. Süsch mues i de es ärnschthafts Wörtli mit em Ibanes rede. Süsch chumeni nie me zu ihm."

I ihrne haub atrochnete Chleider loufe si zu dere Höli zueche. Der Ygang isch grad näb em Wasserfau. Der Räschte isch hingedra versteckt. Di ganzi Breiti vum Wasserfau isch offe, so dass doch Liecht i di Höli ine chunt. Die isch nid au zu gross. Guet 30 Meter geit si hingere. Si isch schön gwöubt, abgrundet, obe. Ganz sicher het damaus dä Fluss mit em Wasserfau zämä di Höhli i Feuse ine grabe. Het wou mängs Jahr brucht derzue.

Z hingerscht hinge gse si so öppis wi ne Statue. Aber wüus zu dunku isch, da hinge, geit Himmelsturm wider use. Är hout droches Houz, für nes Füür z mache, das si gsee, uf was si sich da yglo hei.

Und tatsächlich. Jetz wos Fürli gnue Liecht git, chöi si se guet erchenne. Di bsungeri Madonna. Der Ibanes het scho gschwärmt dervo. Aber was si do gseh. Es Meischterwärch. E Madonna ganz id Höhliwang ynegmeisslet. U jedes Detail isch klar z erkenne. Do hei sech di Schtrapaze glohnt, wo si uf sich gno hei und teilwys unfreiwillig miterläbt. Aues angere wäri e Seich gsi.

Di Madonna schteit uf emene chline Socku. Dört druf isch ou öppis ygmeisslet, es paar Wort. Bertram mues scho abchnöile, dass er di Wort cha entziffere. De luegt er d Nasti verwungeret a u list de vor: „Bringt die Zunge das Wort, trägt sie die Geheimnisse fort."

Är schteit wider uf, luegt ihre nomou klar is Gsicht: „Da het dä Künschtler absolut rächt gha. Meinsch nid ou?"

Chli verwundert, ab dere sentimentale Szene, schtimmt Nasti ihm zue.

Es Zytli lang luege sich di Zwöi stumm aa. So, wi wenn si sech viu z verzeue und z frage hätte u denno keis es Wort usebringt. De chnöiled Bertram no mou ab, dismou vor der Nasti, luegt se vu unge här a: „Jetz kenne mir üs scho so lang. Hei so viu mitenang erläbt. Öppe e abentürlechi Situation guet überschtange. Mir si enang ir Zwüschezyt viu nöcher cho. U i darf gesto, i liebe di.“ Da mues Bertram schlücke und düreschnufe. „Nastasia Buschelbrom. - Wosch du mini Frou wärde?“

I däm Momänt chunt d Särviertochter u seit: „Chani bi Euch no yzie? I ha Fyrobe.“

U d Nasti unverblüemt druf härä: „Leider nid, i ha scho ne Fründ.“

Nasti het sich de bi der Särviertochter entschuldigt u het zaut.

Aber dä jung hübsch Bursch mit dene brun-grüene Ouge, vu vis-à-vis, isch nümme do.